美文馆

最具欣赏性的幽默美文

主编◉马国兴　吕双喜

U0684177

能说话的那堵墙

NENG SHUOHUA DE NADUQIANG

每个人的人生，恰如由一篇篇小小说与美文组成，一页翻过，又是新的篇章，看似毫不相干，却又唇齿相依。

"小小说·美文馆"丛书，所选作品思想内涵、艺术品位和智慧含量兼具，在这个信息碎片化的网络时代，为您提供精良的智慧读本。

郑州大学出版社

图书在版编目(CIP)数据

最具欣赏性的幽默美文·能说话的那堵墙/马国兴，
吕双喜主编 . —郑州:郑州大学出版社,2013.5(2023.3 重印)
(小小说美文馆)
ISBN 978-7-5645-1391-7

Ⅰ.①最…　Ⅱ.①马…②吕…　Ⅲ.①小小说-小说
集-中国-当代　Ⅳ.①I247.8

中国版本图书馆 CIP 数据核字（2013）第 044118 号

郑州大学出版社出版发行
郑州市大学路 40 号　　　　　　邮政编码:450052
出版人:孙保营　　　　　　　　发行部电话:0371-66658405
全国新华书店经销
三河市鑫鑫科达彩色印刷包装有限公司印制
开本:710 mm×1 010 mm　1/16
印张:13
字数:230 千字
版次:2013 年 5 月第 1 版　　　印次:2023 年 3 月第 3 次印刷

书号:ISBN 978-7-5645-1391-7　　定价:42.00 元

"小小说·美文馆"丛书

总策划、总主审

杨晓敏　骆玉安

编委名单

主　编　马国兴　吕双喜
编　委　（以姓氏笔画排序）
　　　　　　王彦艳　牛桂玲　李恩杰
　　　　　　步文芳　连俊超　郑兢业
　　　　　　梁小萍

序

杨晓敏

书来到我们手上，就好像我们去了远方。

阅读的神妙之处，在于我们能够经由文字，在现实生活之外，构筑属于自己的精神生活。透过每篇文章，读者看到的不仅是故事与人物，也能读出作者的阅历，触摸一个人的心灵世界。就像恋爱，选择一本书也需要缘分，心性相投至关重要，阅读的过程中，你会发现他与自己的不同，而你非常喜欢，也会发现他与自己的相同，以致十分感动。阅读让我们超越了世俗意义上的羁绊，人生也渐渐丰厚起来。

在这个信息碎片化的网络时代，面对浩若烟海的读物，读者难免无所适从，而阅读选本无疑是一个不错的选择。从《诗经》到《唐诗三百首》再到《唐诗别裁》，从《昭明文选》到"三言二拍"再到《古文观止》，历代学者一直注重编辑诗文选本，千淘万漉，吹沙见金。鲁迅先生说过："凡选本，往往能比所选各家的全集更流行，更有作用。册数不多，而包罗诸作。"为承续前人的优秀传统，我们编选了"小小说·美文馆"丛书。

当代中国，在生活节奏加快与高科技发展的影响下，传统的阅读与写作方式发生了深刻的变化，小小说应运而生，成为当下生活中的时尚性文体。小小说注重思想内涵的深刻和艺术品质的锻造，小中见大、纸短情长，在写作和阅读上从者甚众，无不加速文学(文化)的中产阶级的形成，不断被更大层面的受众吸纳和消化，春雨润物般地为社会进步提供着最活跃的大众智力资本的支持。由此可见，小小说的文化意义大于它的文学意义，教育意义大于它的文化意义，社会意义又大于它的教育意义。

小小说贴近生活，具有易写易发的优势。因此，大量作品散见于全国数千种报刊中，作者也多来自民间，社会底层的生活使他们的创作左右逢源。一种文体的兴盛繁荣，需要有一批批脍炙人口的经典性作品奠基支撑，需要有一茬茬代表性的作家脱颖而出。所以,仅靠文学期刊,是无法垒砌高标准的巍巍文学大厦的。我们编选"小小说·美文馆"丛书,是对人才资源和作品资源进行深加工,是新兴的小小说文体的集大成,意在进一步促进小小说文体自觉走向成熟,集中奉献出思想内容与艺术形式兼优的精品佳构,继而走进书店、走进主流读者的书柜并历久弥新,积淀成独特的文化景观,为小小说的阅读、研究和珍藏,起到推波助澜的作用。

编选"小小说·美文馆"丛书,我们选择作品的标准是思想内涵、艺术品位和智慧含量的综合体现。所谓思想内涵,是指作者赋予作品的"立意",它反映着作者提出(观察)问题的角度、深度和批判意识,深刻或者平庸,一眼可判高下。艺术品位,是指作品在塑造人物性格,设置故事情节,营造特定环境中,通过语言、文采、技巧的有效使用,所折射出来的创意、情怀和境界。而智慧含量,则属于精密判断后的"临门一脚",是简洁明晰的"临床一刀",解决问题的方法、手段和质量,见此一斑。

"小小说·美文馆"丛书共计十卷,分别为《最具想象力的叙事美文·深夜里游走的路灯》《最具感染力的爱情美文·当你孤单你会想起谁》《最具欣赏性的幽默美文·能说话的那堵墙》《最具实用性的写作美文·活着的手艺》《最具领悟力的哲理美文·有温度的词汇》《最具启发性的智慧美文·领着自己回家》《最难忘的军旅美文·沉默的子弹》《最生动的动物美文·一只在夜色中穿行的猫》《最清新的自然美文·赴一场心静如菊的盛宴》《最给力的草根美文·消逝的事物》。一定意义上说,人生就是由一篇篇小小说组成的,希望"小小说·美文馆"丛书为你的阅读人生增添美妙的元素。

好书像一座灯塔,可以使我们在瞬息万变的社会不迷失自己的方向,并能在人生旅途中执着地守护心中的明灯。读书是一种积极的生活情趣,一个对未来的承诺。读书,可以使我们在人事已非的时候,自己的怀中还有一份让人感动的故事情节,静静地荡涤人世的风尘。当岁月像东去的逝水,不再有可供挥霍的青春,我们还有在书海中渐次沉淀和饱经洗练的智慧,当我们拈花微笑,于喧嚣红尘中自在地坐看云起的时候,不经意地挥一挥手,袖间,会有隐隐浮动的书香。

（杨晓敏,河南省作协副主席,郑州小小说文化传媒有限公司董事长、总编辑,《小小说选刊》《百花园》主编。）

目 录

1

2

3

给洋妞算命

刘 齐

洋妞是我在美国的一家酒吧里遇见的。

酒吧极小极破,只三五个糟老头儿,坐着露棉絮的高脚凳喝酒,谁也不理谁。付费点歌机唱着一支慢节奏的伤感老歌,估计寿命不比中国的《何日君再来》年轻。她就坐在点歌机旁,是屋里唯一令人心动的形象。她的年龄和装束应属于较豪华的场所和震耳欲聋的迪厅,可她却蔫巴巴地坐在这里。

老板隔着柜台,醉醺醺地和我握手,说:"见到你很高兴,越南人。当年在岘港,我们一定见过面。"

我说:"你在岘港时我正在中国东北。"我想说那时我是知青,又怕还得解释革命和路线,就说:"我是农民。"

老板非常兴奋:"那你就给我看看手相。"

我不知他根据什么认为中国农民就一定会看手相,也不准备答应他的要求,因为我于此道所知甚是皮毛,不料我嘴里说的却是"没问题"。

老板在柜台上摆出一罐百威啤酒:"说对了,你今晚的酒免费。"

我瞟了一眼那个姑娘,发现她也在注视我,容貌还算姣好。便大声命令老板伸出左手,并强调"男左女右"的必要性。

我甚至不知道所谓的生命线、爱情线、事业线各处什么位置,但这并不妨碍我信口开河。给男人算爱情没劲,算生命太麻烦,得统筹兼顾夜啼症和前列腺肥大。只好算事业。

我胡乱指着老板的一条掌纹,语气诚恳地夸奖他从小就志向远大,要强,不服输,及至青年时代已练就了相当的本事。

老板凝视着我,频频"Yes"。他不可能不"Yes",这个世界再变化,也没有一个人认为自己是蠢货,东西方概莫能外。

但是——我终于"但是"了。

我严肃指出,由于运气的缘故,老板历经坎坷,竟无法一展宏图。有几次眼看就要得手了,却功败垂成。而昔日那些同伙,尽管暴发得令人不快,论才能却远不及您阁下。

老板叹口气,喃喃对一个老头儿说:"这家伙算得还真准。"

我暗自得意,心想,即使最有名望的手相家,面对一个越战老兵,一个如此凄凉的酒吧的经营者,说的也不会比我高明到哪里。

老头儿们开始交头接耳,不时用浑浊的目光打量我。

那位年轻女子有点坐立不安,似乎对某件事情犹豫不决。

我尽可能优雅地向她微笑一下,她便站起身,袅袅婷婷走来,请我也给她看看手相。

蒙住了老板有酒喝,蒙住了小姐有什么?

我边想边建议姑娘跟我坐到台球桌旁——那儿清静无人,光线幽暗,更容易营造神秘气氛。

两人落座后,姑娘伸出左手。

我说不行,女的得看右手。

姑娘踌躇一下,坚持说她就看左手。

那就左手——你不在乎,我在乎什么?

我轻托她冰凉的手背,只三秒钟便煞有介事地说:"小姐,你的爱情不顺哪。"

"你怎么知道?"姑娘吃了一惊。

我心说,爱情顺了,你一个人跑这儿坐着干吗? 嘴里却说,是掌心的爱情线比较特别。又说,有不少小伙儿追求她,其中不乏英俊之士。

姑娘冷冷地点头,像一个高傲的公主,至少像一个不爱搭理人的大家闺秀。

我受到鼓舞,进一步发挥想象力,说她对追求者过于挑剔,以致痛失良机,如今,有一个最爱她的情人已经悄悄走了。

姑娘这时指尖微颤,显得很激动,问我可知那情人是谁?

这个问题太具体,有相当的风险。

我沉吟片刻,选了个模糊系数较大的答案:关于那情人,他呀,是一位很有品位的绅士。

姑娘突然疯狂地大笑起来。

笑毕,眼中有亮晶晶的物质闪耀。

俄尔,她疲惫地说,她的情人也是位姑娘,病死了,今天刚好周年。她俩就是在台球桌旁相识的,死者当时是这里的侍女。

离开酒吧时,我将两美元压在那个喝了一半的啤酒罐下。

老板又要握手,并呜噜噜地说:"见到你很高兴,越南人。"

我们早叫它垃圾箱了

刘 齐

我充实，因为我热爱接受信息，每天早晨一睁眼就开始接受。先是读报纸。现在的报纸越办越厚，"噌噌噌"，一个个小黑字儿像一群小蠓虫，拼命往我脑子里钻。等它们钻完了，我就上网。这网可不是渔网、乒乓球网，它能把全世界的信息"数码"到一起，"咣当"一下甩给你。你当不上伟人得不了天下但能得天下信息，鼠标在手，犹如权柄在握，你还想怎样？要不现在野心家怎么好像少了呢？

网以外，有图书，有广播，还有广告、电话、气球、商标、路标、文件、简报、灯箱、报表、电影、飞艇（恕我分类不科学，它们接踵而来，我顾不上科学）、标语、布告、信函、手机短信、通缉令、中奖名单、小道消息、口头文学、印外国字的T恤衫也叫老头衫、治疑难杂症的小传单，以及其他许多我一时想不起来但肯定每天围追堵截往脑子里灌呀灌的信息、信息、信息。

当然还有电视，忘了谁也忘不了电视，它或他、她，太迷人。不迷人也缠人，每天少说缠你一两个小时，让你手拿遥控器"嗖嗖"换台，总以为里边又整出新玩意儿了。

晚上起来解手，迷迷瞪瞪依然接受信息。窗外有霓虹灯闪耀，说是桑拿浴热烈、美容院温馨。窗内传真机"哗哗"吐纸，哪个蔑视作息时间的家伙正在给我传资料？

如此这般，一天下来，我的脑子不可能不充实。充实就是把仓库装满，一点空余也不剩。有时已经装得挺满，不料又来信息了，我就跟先来的信息说，大家挤一挤，发扬点风格，学学人家压缩饼干。先来的信息不乐意了，就成群结队，各处乱窜，把脑子里负责想事的地方，辨别好赖的地方，防止当二百五的地方，统统占领，弄得乱七八糟，谁也甭想逞能。幸好还有一个地方由我自己亲自掌管,绝不放权,那就是脑子的大门。这个大门永远向信息敞开着。久而久之,进来什么样的信息已经不重要了,只要是信息就行。每当有信息擦着门框"呼呼"进入,我就会由衷地感到充实。

直到有一天,颅骨隐隐作痛,我这才意识到,那不叫充实,那叫头昏脑涨。我踉踉跄跄,去请教信息界的一位高人,看看能不能搞一下卫生——就是说,把那些堆积如山的信息,往外清一清。

高人说:"我先给你出道题——太阳为什么从东方升起?"

我迟疑着不敢回答,脑子里有七八种答案纠缠不休,还有几十种与此相关的中国口号、丹麦寓言、印第安谜语,甚至还有美索不达米亚或其他什么亚的典故。

高人见我不语,宽厚一笑,又问:"一加一等于几?"

我仍拿不定主意,心中洪水般涌来杀手、鞋垫、南极摇滚、假唱、美眉、绿眉、波浪眉、IT、小瘦狼、休闲文化兔、思想虫、智慧陷阱、新新女孩、新新老太太、房地产骗子、革命大车、二奶、三爷、八千里云和月、一万年醋和酒等各种概念、形象、新知、旧闻……我纵然有一百张嘴,怕也说不出正确答案了。

高人走过来,拍了拍我的脑袋,把耳朵凑上去听了听动静,好像还用鼻子闻了闻。然后,他"唔"了一声,满意地说:"挺好,运作得挺正常,不用清理。"

"但是",我鼓足勇气,大叫一声:"我脑袋发胀!"

高人惊讶地说:"你怎么还管它叫脑袋? 我们早叫它垃圾箱了。"

领队

刘 齐

文章们，你们好！我是你们的作者。别笑！我知道我说的是废话，大家相处这么久，谁不知道谁呀？但是现在，我有了新的任务，新的职务，我当了领队，要把大家组成一本书，或者说，组成一支队伍，去参加一次游行。

游行得有队形，我们就以文章标题为据，排个队形。

我们是群众队伍，不妨自由些，书中长短不一、参差不齐的标题，以及由这些标题所代表的你们大家，可以组成各种队形。以下，是我临时排列的一种队形——

午门夏夜，疯狂的蓝魔，精神病医生手记，集体活动，同性恋的庆典，现场，首长批示，一年签一次婚约，外行领导内行……

清澈时代，碧霄，大家，上个世纪我所尊敬的人，小灰驴子，诚信，贵宾花，只染一个红指甲……

美丽的夏天，邻居的花猫，给洋妞算命，迪厅，白领迎亲，女白领和大白菜，老艾访华，红卫兵伺候……

蓝岭之夜，连锁国，垃圾箱，我的重大发明，世界杯是红楼梦，全球第一妙语，人一有车就自卑……

文章们，作为领队，我要告诉大家，我们不但要参加游行，而且，还要接受一次检阅。

既是检阅，队伍就不能太乱，因此，我们还应该有另一种队形。

那好，全体注意了，听我口令——

现在，以标题字数为序，全体集合！字数少的排前面，字数多的排后面。

好，一共是八个队列，一百篇文章，队形还算整齐。

但是，队形的整齐，并不是我们的最终目的。队形整齐，并不能代表文章质量的整齐。

不错,你们这一百篇,都是我亲自挑选出来的。其中有九十篇,先前在我的其他书中出现过。为了参加本次检阅,你们又被重新修理一遍,有的减了肥,有的加了料,还有的过去受了约束,这次恢复了原貌。

另外有十篇文章,是新手,第一次入书,特用黑体字标出,以示区别。

这是我第一次出选集,入选的文章别太得意,名额有限,品种有限,你们是矮子里面挑将军,要有自知之明。

现在,我要说一个重要问题:是谁,给了我们本次受阅的机会?

是岳麓书社,是"兄弟文化",是他们的"角度书系"。

让我们热烈鼓掌,向他们真诚致谢。

我还要说一个最重要的问题:谁,是检阅我们的人?

不是有军衔的司令官。

不是有级别的大首长。

更不是那些可以随便糊弄、给两句好话就说你有业绩的糊涂官。

检阅我们的人,目光如炬,热情如火,嫉恶如仇,胸怀如海。他们,是我们最大的首长、最高司令官。

他们有一个伟大的名字——读者。

亲爱的文章们,孩子们,别慌,别怕,保持好队形。你们长的什么样,就是什么样了。有什么毛病,什么缺陷,责任全在我。检阅完了,根据读者意见,我和大家一起改进。

现在,听我口令:全体立正! 面向检阅者,敬礼!

农家饭

赵 新

梁尚从省城回到他的那个小小的山村看望他母亲的时候,正是农历三月中旬。小村依山傍水,桃红柳绿,傍晚炊烟袅袅,清晨鸡啼狗吠。那天梁尚很兴奋地有了一个想法,想请这个县的县委书记秦玉到家里吃顿真正的原汁原味的农家饭。他和秦玉同是某名牌大学中文系的同学,两个人形影不离地在一起生活了四年,他记得秦玉对他从老家带到学校去的枣饼子、炸油糕很感兴趣,吃起来眉飞色舞大呼小叫,一副激动不已幸福无比的样子!

在征求了母亲的意见之后,他给秦玉拨通了电话。秦玉很兴奋很感慨地说:梁尚,你小子! 你现在是著名作家了,回到老家也不打个招呼,看不起人是不是? 又说知我者梁尚也,我去,我一定去,我很向往在青山绿水鸟语花香的氛围中,吃棒子面的枣饼子!

时间定在明天下午六点。主食定的是枣饼子,炸油糕,小米红豆粥;凉菜定的是绿豆芽儿调凉粉,蒜泥儿调扒糕,胡萝卜丝拌粉条儿,小葱、韭菜拌豆腐;热菜定的是香椿芽炒柴鸡蛋,白萝卜条儿炒红辣椒,海带白菜炖腊肉,土豆炒山蘑。两个人约定准时相见,不见不散,多一个人说话不便,少一个人永远遗憾!

第二天早饭之后,母亲便很高兴地忙活起来,梁尚也挽起袖子,饶有兴致地帮助老人洗菜、烧火、淘米。正干到好处时,大门口有人唱歌似地呼喊梁老师。梁尚走到院里一看,原来是位笑容灿烂的女士!

女士热情洋溢地握住了梁尚的手:您好,梁尚老师,久闻大名,如雷贯耳,您的照片我在报刊上见过! 我是西阳镇副镇长陶佳,今年二十八岁,六年前也是读的大学中文系!

她说话也像唱歌,嗓音清脆甜润,富有韵味。梁尚赶紧把客人请到屋里,沏茶倒水。陶佳说:梁老师,谢谢您,谢谢您,真是麻烦您了。我今天来的任务有两个,一是向您学习,二是来抓落实!

梁尚愣了:落实?

陶佳说:秦书记今天晚上不是要来您家吃饭么,您是咱们镇的人,镇党委和镇政府特别重视这件事情,特地派我来抓落实!梁老师您坐下,我首先看看您列出的菜单,这也是一种学习!

梁尚把昨天写出的单子双手递给陶副镇长,请她看看可不可以。

陶佳说:梁老师的字写得真潇洒真漂亮真秀气,看见您的字我的眼前就有了色彩有了芳香!不过这也太过朴素太过简单了吧,我提议凉菜要加上熏鸡、烤鸭、猪蹄儿、酱牛肉,热菜要加上爆炒羊杂、萝卜羊肉、红烧鲤鱼、清炖元鱼……

梁尚摆了摆手:陶镇长,我们是在农家院吃农家饭,邀的是清风明月,吃的是乡土气息……

陶佳说:梁老师,从广义上讲,熏鸡烤鸭也是农家菜,红烧鲤鱼清炖元鱼也是乡土气息。没有农民养殖,哪有这些东西?

梁尚笑了:可是菜太多了呀,就我和秦书记两个人……

陶佳笑了:梁老师,您放心,我心里有数!您是作家,作家是做宣传文化工作的,既然秦书记要来,县委办公室主任来不来?宣传部长来不来?文化局长来不来?文联主席来不来?广播电视局长来不来?记者们来不来?我们镇党委记、镇长来不来?副书记、副镇长们来不来?宣传委员来不来?文化站长来不来?你们村支部书记、村委会主任来不来?三级领导三条线,您说不让谁来?

梁尚的头晕了。他不知道不让谁来,好像谁都该来!

陶佳说:梁老师,现在我们落实第二个问题:人来了,摆几桌?桌子在哪儿摆,怎么摆?谁坐哪一桌?谁坐哪一桌的哪一个位置,谁和谁相邻相挨?

梁尚说:陶镇长,大家都是朋友,朋友相聚,谁坐哪儿都行,谁挨着谁都好!

陶佳又笑了:梁老师,那不行!没有规矩不成方圆,真要那样安排了,我这副镇长还当不当?领导信任我,才让我来抓落实!我的意见是摆两桌,屋里一桌是主桌,院里一桌是陪桌;您和秦书记、部长、局长等一把手们坐主桌,其他领导坐陪桌;您挨着秦书记坐,秦书记挨着宣传部长坐,这是主桌之主……

母亲走进屋里来了。母亲笑嘻嘻地问梁尚,该和多少面,该炸多少油糕。梁尚正不知道如何回答时,陶副镇长说话了:老人家,我叫您奶奶吧。奶奶,您快别忙活了,马上镇政府要来五个服务人员,帮您打扫卫生,清扫院落,烧火做饭,刷筷子洗碗,今天一切的一切,所有的所有,都是镇政府负责,我们已经开会研究过了,分工很细,各负其责!

母亲摇了摇头:丫头,那不行,今天是我们家请客!

陶镇长拉住老人的手:奶奶,怎么不行? 咱是一家人嘛,您就给我们这个机会,让我们为领导做点贡献,我们求您了!

母亲走出去了,步履有些蹒跚。

接着落实第三个问题,吃饭时用方桌还是用圆桌;接着落实第四个问题,吃饭时坐椅子还是坐沙发;接着是用什么杯子喝酒,用什么杯子喝茶;接着用什么碗吃饭,用什么筷子夹菜……他们共落实了十个问题。最后一个问题是,如果需要方便时,秦玉书记进哪个厕所。

陶佳兴高采烈地坐车走了,回镇上汇报去了。梁尚百思不得其解:秦玉到他家里吃饭的事情,镇政府怎么知道?

梁尚想,这还叫农家饭么?

怪老头

夏艳平

　　年初开人大会选举乡长的时候,作为乡长候选人的贾为民,主动跟黑山村村委会主任朱得康说,他想抽空到他们村去看看福利院的老人们。朱得康是乡人大代表,听了贾为民的话,感动得差点流出了眼泪。他想,这才是我们想要的乡长。于是,毫不犹豫地将自己神圣的一票投给了贾为民。贾为民以全票当选了。

　　朱得康始终记着贾为民选举前跟他说的那句话。自贾为民当上乡长的那天起,他就天天盼着等着贾为民哪天能抽空去他们福利院看看。眼看到了年底,贾为民仍没抽出空来,朱得康有点耐不住了,就跑到乡政府,他想当面问一问贾乡长,什么时候能去他们福利院看看。

　　朱得康起了一个大早,到乡政府的时候,贾为民才起床。见他顶着一头寒霜,贾为民问他什么事这么急,他不好直说,就撒了一个谎,说有事路过乡政府。

　　贾为民一面招呼他坐下,一面给乡政府办公室主任打了一个电话,问他的事准备好了没有。贾为民这几天忙得很,他要抓紧年内有限的几天时间,上县上省打点关系。他知道,他这个八品乡官要想再往上窜一点,上面没有人拉扯是不行的。所以,当上乡长后,他就把主要精力放在这上头了。

　　贾为民没时间陪朱得康闲聊,他拿起桌上的皮包对朱得康说:"要是没事的话,我就先走了。"看贾乡长一副日理万机的样子,朱得康知道,他们的乡长今天无论如何是抽不出空来去他们福利院的。但朱得康听了贾为民的逐客令,心里像堵着块硬物般不畅快。他赖在椅子上,任凭贾为民一催再催,就是不起来。

　　朱得康赖在椅子上不起来,贾为民只好停下了外出的脚步,极不情愿地转过身来，问他是不是有什么事。朱得康转动了两下眼睛，忙回答说："我还真有事要跟你汇报一下。"贾为民放下皮包，重新坐了下来。

贾乡长坐下来，朱得康又不说了。贾为民耐不住就催促他快说，朱得康这才不紧不慢开了口。他说："我们福利院有个老头特别怪。"

听他说起福利院，贾为民像是记起了什么，脸微微地红了一下，但他很快就镇定下来，假装很好奇地问："你说说看，怎么个怪法。"朱得康说："那老头真的很怪，这大冷的天，他上身穿着厚实的新棉袄，下身却穿着一条单薄的破球裤，冻得直哆嗦也不愿多加一条裤子。"

贾为民着急地说："那还不冻坏了，咋不叫他多穿一条裤子？"朱得康看着贾为民笑，却不回答。贾为民马上警觉了起来："是不是老人家没有过冬的棉裤？"朱得康摇摇头："棉衣棉裤是村里一起发的。"贾为民不解地问："那他为啥不穿？"朱得康说："我们也不知道咋回事，就问他，你知道他咋回答？"贾为民看着朱得康："咋回答？"朱得康摆摆手说："算了，不说了。"贾为民急了："你快说嘛。"朱得康看了看贾为民："那老头说，'这有什么奇怪的，现在不都这样吗？我这还是跟我们贾乡长学的哩。'"

贾为民低头看了看自己的衣着，不解地问："跟我学的？"朱得康说："是呀，他硬说是跟你学的。我也不明白，就问他，他说……"朱得康又停了话头看着贾为民，贾为民说："你光看我干啥，快说呀。"朱得康就鼓足勇气说："那老头说，你没见我们贾乡长办事，不也是只顾上不顾下吗？"

朱得康说完，见贾为民的脸白了，就忙解释说，这是那个老头的原话，他一点也没敢添加。贾为民怔了一下，就朗朗地笑了起来，边笑边说："这真是一个怪老头。"

这时，办公室主任来了，问他是先去县里还是先去省里，贾为民说："先去黑山村，我要到福利院去看看那个怪老头儿。"

鬼话

夏艳平

蕲阳县三级干部会按照预定的程序,有条不紊地进行着。

伴着一阵热烈的掌声,县委书记高福全开始了会议的主题报告。

高福全书记作报告,跟他的前任们不同,他没有用讲话稿。他脱口讲的,比那些用讲话稿讲的还有味,大家听得入了神。偌大的会场,只有他那洪亮而富有磁性的声音在回荡。

这是高福全书记来蕲阳后,第一次在正规的会议上作报告。他很满意会场的氛围,讲话时,一双闪着亮光的眼睛,像摄像机镜头一样,不停地扫视着台下的听众。目之所及,是一副副全神贯注的神情和面孔。

良好的会场氛围,激发了高福全书记的讲话潜能。他越讲越兴奋,越讲思路越开阔,奇言妙语像泄闸的洪水,源源不断地从他口中倾泄而出。

高福全书记在基层摸爬滚打多年,知道基层干部最关心、最想听的是什么。在谈到今后选拔任用干部时,他高声说:"从现在起,我们坚决要改变用人观念,以后提拔干部,就是要提拔那些勤勤恳恳工作、老老实实做人、不跑不送的人。"

果然,此话一出,掌声雷动。高福全书记沉醉在掌声中,并伴着掌声的节奏,旋开茶杯盖,惬意地呷了几口茶水。

热烈的掌声终于停了下来,就在人们等着继续聆听高福全书记精彩的讲话时,台下却响起了另一个声音:"鬼话,我不跑不送,怎么没人提我?"

说这话的人声音很低,像是自言自语,不注意是听不到的。可不巧的是,他说这话时,掌声刚好停息,会场出奇地静,大家的精力又特别集中。此时,一根针掉在地上的声响,恐怕不亚于平时的雷鸣,何况人说话?

会场的秩序有些乱了,伴着"哄哄"的笑声,大家纷纷把目光转向声音响起的地方。目光的焦点，就是那个说话的人。

大家看清了，那是县志办的甄竹新。见是甄竹新，大家笑得更不可收拾了，有人感叹说："真是个书呆子！"

高福全书记显然也听到了那句话，他站起身，却不朝说话人那边看，只张着两手向下按，按了两下，会场就安静了。他说："大家不要笑，有人怀疑也很正常，说明我们过去的工作做得还不够好，不过请大家相信，我们这届县委说话是要算数的！"

高福全书记这段话，又赢得了一阵热烈的掌声。但接下来，听会的人就不像先前那样全神贯注了，有人私下议论说，"这小子也真是的，嘴上连个把门的都不要，在新来的县委书记面前闹出这种笑话，以后有他的好果子吃。"也有人说，"他这也是有感而发，他好歹是个名牌大学毕业生，又一肚子学问，在县志办工作快二十年了，跟他同时毕业参加工作的，有的早当上了县领导，最差的也混到了一个局长，而他至今还是一个股级干部。为什么？不就是因为他不跑不送吗？"

甄竹新那句话，很快成了蕲阳人茶余饭后的谈资，人们一见面，都会来一句"鬼话"。"鬼话"慢慢取代了"你好"。

出人意料的是，"鬼话"竟给甄竹新带来了好运。没过多久，县委组织部就对他进行了考察，并很快任命他为县志办主任。过了一段时间，又调他到县委办公室任副主任，听说还有可能进县委班子。

从正股到正科，前后不到半年时间。他的突然升迁，自然引起了人们的兴趣。有人问他："你莫不是跟高书记有什么关系吧？"

他红着脸说："没有啊。"怕人家不相信，又补充一句："真的，我不骗你。"那人不信："鬼话，没有关系他会这么提你？"甄竹新争辩说："高书记不是在会上说了吗，就要提不跑不送的。"

"鬼话！这样的鬼话骗得了谁？你不告诉我就算了，何必要说这样的鬼话。"面对这样的问话者，甄竹新不知如何回答，索性不回答了。可他越不回答，来问他的人就越多，而且都是一副不问出结果就不罢休的架式。他烦不过，干脆承认与高福全书记有关系。问话的人眼睛一亮，追问说："那是什么关系？"他想了想说："老表嘛。"

这句话还真的很管用，自此后，很少有人来问他了。没人问他，他就把心思用在了工作上。可没过多久，好事者又来了。好事者的问话更加咄咄逼人："你怎么也讲起鬼话来了？经调查，你与高书记一点关系都没有，他是江西人,你是湖北人,你俩隔路不同天,八竿子也打不着。"

甄竹新说:"正因为他是江西人,所以我们才是老表嘛。我们不都叫江西人老表吗?"

"嘿嘿嘿,那我和他也是老表。"好事者解嘲似的说。甄竹新苦笑着附和:"谁说不是呢?"

甄竹新说完这话,好事者就久久地盯着他,像不认识似的,最后摇着头失望地说:"想不到你这么老实的人,现在也讲起鬼话来了。"

甄竹新无奈地笑了笑:"你不就是要听鬼话吗?"

副县级标准

夏艳平

小车一进杨柳乡政府的院子,尚松杰就瞧见杨柳乡乡长何明申一路小跑着迎了上来。

何明申跑着的时候,身子向前倾着,右手向前伸着,脸上堆着厚厚的笑,那样子就像搞笑片里的动漫人物。

尚松杰忙叫司机停了车。

尚松杰跨出小车,身子还没站直,弯腰屈膝的何明申就捧住他的手一个劲地摇,边摇边说:"钦差大人驾到,欢迎,欢迎,欢迎啊!"

尚松杰这次来杨柳乡,是代表县委县政府督查植树造林工作的,责任重大,来之前他就思谋好了,要直接去植树现场。可到了杨柳乡,他还是叫司机把车拐进了乡政府。

寒暄过后,尚松杰提出要去植树现场,何明申一听不高兴了:"尚主任,我们乡穷,水总有一杯吧?"说完,连拉带拽地将尚松杰扯进了乡政府接待室。

待尚松杰落座,何明申就掏出手机给乡办公室打电话:"喂,小陈吗?你去食堂安排一下,县人大农工委的尚主任来了,中午要办一桌饭。什么标准?你说什么标准?我可告诉你,尚主任是我最敬重的领导,他一年难得来一次,最少也得按副县级标准!"

何明申将"副县级标准"说得很响亮,说这话时,他用眼睛的余光瞟了一下尚松杰。尚松杰知道何明申在看他,脸微微地红了,心里却暖暖的。

现在乡镇经费紧张,为控制支出,每个乡镇都制订了来客接待标准,正科是多少,副县是多少,正县是多少,都作了明确的规定,一般是不能突破的。突破的也有,那来的不是有权的就是有钱的主,比如组织部的,纪委的,财政局的,再不就是跟乡镇"一把手"关系特铁的。

尚松杰有点受宠若惊,说:"何乡长莫要太客气了,千万不要为我坏了乡里的规矩。"何明申头一摇,说:"尚主任说这话就见外了,在我的心目中,你可比副县级领导的份量还重。"

尚松杰曾当过两届县农业局局长,在一个农业大县里,农业局长升任分管农业的副县长是顺理成章的事情,他的前任们一个个就是沿着这条路线升迁的。而尚松杰却成了一个例外,上次县里人事调整,将他调整到县人大任农工委主任,虽然级别还是正科,却是一个有职无权的闲职,比农业局长还不如。可以说副县级是他今生实现不了的梦。

想起这些,尚松杰的脸更红了,嗫嚅说:"何乡长莫不是笑话我吧?我哪敢跟副县级领导比啊。"

何明申说:"我说的可是真心话。"何明申坚决的语气,让尚松杰很感动。

尚松杰是一个原则性很强的人,感情归感情,工作是工作,他不能因为感情而误了工作。抽完烟,喝过茶,他还是跟何明申提出要去植树现场。何明申说:"不急不急,等会儿我陪你一起去。来,抽烟,抽烟。"

帮尚松杰点燃一支烟,何明申叹道:"这乡长真不是人当的,一天到晚不知哪那多事。这不,外面又有件急事等着我去处理。"说罢,拿出一副扑克牌放在尚松杰面前,扭头对乡里陪着接待的一名干部说:"你陪尚主任玩一下,我去去就来。"

何明申出去了,尚松杰不好意思走,只得和他们甩起了老K。开始,尚松杰甩得有点心不在焉,可甩着甩着就进入了状态,他今天手气不错,剃了对方好几个光头。

在他们激战正酣的时候,何明申急匆匆地回来了。何明申一进屋就作起了检讨:"唉呀,真是不好意思,让尚主任久等了。"老K正甩在兴头上的尚松杰忙答:"没事,没事。"

丢下扑克牌时,尚松杰竟有些不舍,但肩头的责任驱使他外往走去。走了几步,一声惊呼让尚松杰心里一紧。惊呼是何明申发出的,他说:"哟,都十一点多了。"大家一看表,都不知所措地转头看着尚松杰。

何明申说:"这可怎么办?到植树现场的路不能走车,只能步行,往返一次差不多要两个小时,等我们看了现场回来,饭怕早就凉了。唉,都怨我,都怨我。"

何明申嘴里怨着自己,眼睛却看着尚松杰。尚松杰没有犹豫,他说:"我们还是先去现场看看吧。"这时，那个陪尚松杰甩老 K 的乡干部发话了："其实看不看都一样，我们乡这次植树绝对是实打实的，早几天何乡长就把任务分到了各村，在我们乡，只要何乡长亲自抓的事情，就不会有问题。"

乡干部的话还没说完，何明申就打断了他。何明申骂道："你懂得个屁，县里对这次督查工作非常重视，尚主任不去现场看看，回去怎么交差？你这不是让尚主任为难吗？"

说这话时，何明申哭丧着脸，不过，很快就换上了笑颜，他拍着肉脑袋说："哦，我倒有个办法，但不知尚主任觉得可行不？"尚松杰疑惑地看着他，问有什么办法。何明申说："我们把车子开到牛头山脚下，再爬到牛头山上去，站在牛头山顶，既能看清对面植树现场的情况，又可以少跑一个小时的路程。"

事已至此，尚松杰只好点头同意了。

站在牛头山顶，何明申手指前方对尚松杰说："你看，那就是我们的植树现场。"顺着他手指的方向，尚松杰看到了对面山坡上飘扬的彩旗和大幅的标语，还有忙碌的人们。尚松杰不由赞叹说："气势还不小嘛！"何明申说："植树造林是大事，我们哪敢马虎啊？"

从牛头山回来，何明申直接把尚松杰领进了乡食堂，开始了一场酒战。

尚松杰是第二天才清醒过来的。在回忆杨柳乡给他的"副县级标准"时，他只记得餐桌上比以往多了一个红烧甲鱼。甲鱼是学名，当地的土话叫王八。他笑了，原来副县比正科也就多了一个王八啊。

汇报时，尚松杰绘声绘色地说了杨柳乡植树现场的盛况，杨柳乡因此受到了县里的通报表彰。

过了几个月，有人告诉尚松杰，那天杨柳乡植树现场的情况是做给他看的，其实，杨柳乡那天根本就没有植树。尚松杰听了脸一沉，正色道："你不要瞎说，那天的情况我可是亲眼所见，哪会有假？"

热心

孙智慧

你说倒霉不倒霉，老安刚把牌子放在路边，工商所就来了人。不由分说，开了张罚款条子，抱起他的招牌就走。等他们走后，老安把条子展开来，凑近灯光看了看，数额不算大，一百元。大概他们只是象征性收取，搞创收的。可自己这个死摊位，这钱也是非交不可的，第二天一大早，老安怀里揣上几百块钱就直奔城西工商所而去。

走了没几步，迎面遇见儿时的玩伴儿小平，小平从车里探出头来，热情地问，安哥，慌里慌张的，咋了？慌媳妇啊？老安站定身子，知道这个小平爱开玩笑，也就不以为然，只是轻描淡写地说，摊位的牌子被人拿走了，去交下罚款。小平一听，怒骂道，这群人就是流氓，他们就是讹钱，你一个人去连个熟人都没有，他们不会轻易还你的，有一百将来就会罚一千，正好我认识人，我跟你去，到了那儿，罚款交不交都还两说呢。说完，跳下车，就让老安把自行车放回去，坐他的车走。

老安回来简要地把经过给老婆一说，老婆也说，是啊，现在办事挺难的，难得有这么个热心人帮忙，你们快去快回。

老安和小平驱车往城西走。路过大视野修车站，小平探出头跟一个中分小伙儿打招呼：孬蛋，忙啥呢，钱能挣完吗？这个叫孬蛋的跑过来，一见是小平，也热情地打着招呼，问这么风风火火去干啥？小平指着旁边的老安介绍说，这是我光屁股长大的哥们，他妈的，我哥摆个地摊挣俩辛苦钱，不承想让工商给拉走了，我去看看。孬蛋一听，怒目圆睁，说，在咱的地盘上竟有这事！让我去，弄急我，我一刀砍了他们。小平笑了，说，我就知道你不会袖手旁观，你够意思，是个热心的人，走，咱去把牌子要过来，可不能耽误我哥的事儿，他中午还得出摊呢。孬蛋说，我还有一个小活儿，给人整下车，你稍等。老安看了看手机，正好九点半，还不晚。就和小平在车里眯了一会儿。十点十五分，孬蛋伸手拍醒了小平，老安也跟着醒了，三个人又向西而去。这个孬蛋真是健谈，侃得云天雾地的，说自己十几岁时练过功夫，二十岁时有家公司找他当保安头儿，他都没去。老安一个劲点头，唯唯诺诺地应承着。

车子到了精华眼镜店时，孬蛋让小平把车子停了下来。他跳下车，跑进店里。不一会从里面走出一位四十上下的中年人，戴着副眼镜，文质彬彬的样子。来到车前，孬蛋对老安和小平介绍说，这是我表哥，关系网很广，认识的各色人等很多，我到那儿是耍横，咱今天先礼后兵，让我表哥给他们讲道理，如果他们不给咱面子，咱再动手。老安一听，鸡啄米似地点头，赞同地说，对，对，不到万不得已，咱绝不动手。

刚上车，小平把胳膊轻轻地捅了捅老安说，你怎么不给他们让根烟啊？可不是嘛，老安一拍脑袋，自己不吸烟，就不知道让烟，多没礼貌！他让小平把车停下，在路边卖冰棍的摊位前买了一盒精装红旗渠。这位中年人接过递过来的烟说，平时我一般吸的都是软中华，不过今天是朋友的事，我就不计较了。老安顿时满脸通红，想解释却没张开嘴。孬蛋在一旁打圆场，说，表哥，你别计较，计较的话就没意思了，要不是跟你熟，谁会找你？这位安哥是位实诚人，特别老实。这位中年人点点头，说我就爱和实诚人打交道。

车子驶过清真寺，中年人就频频往车外招手。小平赶紧停下车，还别说，中年人处处都有认识的人，果然就和一个人拉起了话，喋喋不休地说个没完。最后，把与他说话的人也拉上了车，和老安、中年人挤在了一起。中年人介绍说，这是我老家的人，来县城置东西，眼前中午了，没地方去。

一句话点醒了梦中人，老安看了看时间，差不多都十一点半了。得找个地方吃点饭啊。他话一出口，小平就笑了笑说，可不是，不能让朋友饿着肚子去办事，再说现在去了，人家也下班了，咱这样啊，都是朋友，不能花得多了，就图个娱乐嘛。大家推让一番，就近走入吃嘴精大饭店。

一通海吃海喝，老安花了三百四十块钱，和他们都交上了朋友。中年人送走了老家亲戚已是下午两点半，他们醉醺醺地来到城西工商所，接着出现的一幕让老安心惊不已：

小平走上前，对办公的工商所人员说，我哥的牌子，让你们给扣了，你们准备怎么处理啊？

那个中年人走上前，说我认识你们局长，你们不要太黑了，否则我一个电话打过去,让你们吃不了兜着走。

那个孬蛋竟"噌"地不知从什么地方摸出一根尺把长的铁条,气势汹汹地砸在了办公桌上,嘴里喷着酒气,说着不三不四的话。

结果,结果是那个工商所的办公人员一点也不示弱,抄起了桌子上的电话。

……

下午五点的时候,老安的老婆接到一个电话,电话那头是小平的声音:嫂子,安哥让他们抓起来了,说他带头闹事,不过不要紧,我有位朋友在公安那儿有熟人!

朋友,你在哪里

刘建超

贾兴一听到我的名字,就如一辆笨重的坦克向我扑来。

"老刘啊,你好啊,久闻大名,心仪已久,一见如故啊,老朋友。"

我被他粗壮的双臂箍得紧紧的,他那生猛海鲜般的胡茬子脸还贴在了我的腮帮子上。四十好几了,我还从没有跟个大老爷们如此亲密过,浑身不得劲,后背到屁股根都觉得发麻出鸡皮疙瘩。

贾兴对招呼签到的人说:"把我们俩安排到一屋,我们痛痛快快聊聊。"

贾兴长得五大三粗,整个一个圆。走路时先要摆两下手臂,否则就发动不起来。这副模样实在是和文字联系不到一块,偏偏他也写小说。有几次,我和他的小说发在同一期杂志上,这次应邀来参加笔会也是因为我俩又在《烂漫》杂志上同时发表了中篇小说。

三天的笔会,我几乎被贾兴给承包了。我去跟一位从前笔会上认识的关系有点暧昧的女友约会,他也跟着,弄得我连想搞点小资情调的机会都没有。在会上,贾兴逢人就说,我和老刘是老朋友了,连我老婆和儿子都知道他,我们俩的作品常在一起发,缘分啊。

笔会结束后,贾兴意犹未尽,跟着我又到了洛阳。我陪他游了龙门、白马寺,吃了洛阳水席、浆面条。分别时,他眼圈发红,说我够朋友。他那胡茬子脸就又让我起了回鸡皮疙瘩,真受不了。贾兴说:"朋友,有机会到我那去啊,我请你品尝大龙虾,还有海鲜一样鲜美的漂亮妹妹。我知道,我耽误你会情人了,哈哈哈。"火车开动了,他还探出头可着嗓门喊:"你一定来啊,不然我可跟你急!"

其实,笔会上热热闹闹嘻嘻哈哈,过后新鲜劲也就风吹云般消散,谁也不会把几天笔会上承诺的事太当真。贾兴可不这样,每个月都要给我打一次电话,正经不正经地东拉西扯一番,挂线时总要强调一句:"朋友,有机会来玩啊。"我也打着哈哈说一定一定。

事有凑巧,半年之后,单位还真把我派到贾兴所在的城市办事。公事很快就办利索了,剩下的时间就是游山玩水。原本不打算跟贾兴联系,自己转转省事还自在。可是来了一趟滨海,如果不同贾兴见一见,日后他知道了肯定会不高兴。我便拨通了贾兴的手机,电话里传出贾兴咋咋呼呼的声音:"喂,朋友,你想起给我打电话了,泡情人泡腻了吧?最近可没见你发表什么东西啊。喂,朋友,你在哪?"

我说,远在天边,近在眼前啊。

"什么什么?你来滨海市了?"

我说,是呀,来品尝你的大龙虾和海鲜妹妹啊。

电话里的贾兴迟疑了一下:"咳,朋友,太不巧了,我刚好出差在外地。你在滨海能呆几天?"

我说,两天,星期二就得回去。票都订好了。

贾兴嗓门又高了:"不行,朋友!你等到星期三,我星期三无论如何赶回去,咱哥俩得喝一杯。"

我说,你别管我了,忙活你自己的事吧,有机会我再来。

我又给滨海报社的一位朋友打电话,这位朋友听我说贾兴出差了,说不可能啊,上午还见他来报社送过稿子呢。

我有了些别扭。

贾兴每天上午和下午都要来电话,问我都去哪玩了,吃什么好东西了,并热情地给我推荐游玩的地点,还说去了之后呢就找谁谁谁,就说你是我贾兴的朋友,他们不敢不给面子的。

星期二上午,我正躺在宾馆房间的床上看新闻。

贾兴又来电话了:"喂,朋友,你在哪?"

我忽然就坏坏地说,贾兴啊,我已经在回洛阳的火车上了。

电话里的贾兴急了:"喂,老刘,你不够意思嘛,说好了你等到星期三啊,我就怕你着急,事没办完就提前赶回来了,刚刚下飞机,正在回城的路上。中午的饭我都订好了,海天大酒楼噢。老板是我哥们,专程给搞的新鲜的龙虾啊,你这不是害我嘛。"

我说,哈哈,我和你开玩笑呢。没见你,我怎么能走啊。我就在迎宾馆328房间等你哪。

电话里的贾兴声调又低了："啊？啊，那好那好。一个小时之后，我们不见不散啊。"

我忽然觉得自己挺没意思，干吗嘛，两人一见面反而会失去更多的东西。

我打了车直接去了车站。

北上的列车缓缓启动了，我的手机又响了。

贾兴真的急了："喂，我就在迎宾馆门口，朋友，你在哪里？"

高叫你的名字

刘建超

唉嘿,这不是高封总经理吗,怎么也到小摊上来喝汤啊?

我的高声叫喊,吸引了蹲在地上吱溜吱溜喝汤人的目光。

啊,肚子不舒服,喝碗汤暖暖。高封拍拍隆起的肚皮,坐到一只小木扎上。

喂,老板,快给高经理上碗热汤。要快啊,高经理忙着哪。高经理,听说你又揽到了通力花园的工程,好家伙,上亿的投资。你可以赚上两千万啊。这年头赚大钱的可不容易啊。喂,老板,汤快一点,高经理到你这喝汤是看得起你啊。我知道高经理总是到五星级酒店喝早茶的。

一群民工围到店铺前,嚷着加汤放辣椒。

喂喂,你们往旁边去,别往这边挤。没看见高经理在这喝汤吗?这帮人就是素质低,除了吃就知道钱,给钱什么都干得出来。高经理,你那两千万拿到手,还不把全市的打工仔吓晕了。

民工们把火烧馍一掰四牙泡进汤碗,不友好的目光横扫着这里的角落。

高经理皱着眉头说,你不喝汤?

我不喝,我爱转悠,反正也没啥事。我老远就看到了你的皇冠车,16888,一路发发发啊。别看你停在街拐角,呵呵我认识。

高总汤也没喝完,撂下碗走了。

高总您慢走哇。老板,你不认识他吧,那是宏发房产开发公司的高封总经理啊。我们熟着哪。

高封总经理的车已经没了影。

哟嗬,这不是高封总经理吗,怎么也来泡澡啊?

高封满脸不悦,啊,陪个客户。

嗨,什么陪客户啊,是搪塞嫂夫人的借口吧,哈哈。如今男人也不容易啊。我看高总可是每周来三次,没见有客人啊。

怎么,你跟踪我?

哪敢啊。我和这的老板是朋友,常来帮着招呼。高总还是要十八号梨梨小姐吧? 那小姐水灵可人,活儿又做得漂亮啊。梨梨小姐可真逗,还一直把你叫马老板。

高封的脸色已经很难堪了。

快来人,招呼好这位马老板。叫梨梨小姐来。高总,其实你也没必要用个假名,这儿的小姐都是很讲职业道德的,不会出卖客人。哪像莱温斯基拿着克林顿的物证去验 DNA 啊。听报上说,南方有个记者专门从小姐手中收集客人用过的套子,还放到冰箱里储存,去敲诈勒索。我教导梨梨可不能做那缺德的事,给多高的价钱都不能干。梨梨,快点,马老板等着哪。

高封铁着脸转身走了。

哈哈,这不是高总经理吗,今天有空亲自来接孩子啊? 往日可都是嫂夫人来接送的啊。

高封爱答不理的,我今天有空。

难得难得,你可是日理万机。

你在这干吗? 孩子也在上学?

没有没有,我就是爱瞎转,反正也没啥正事。听说近段时间治安状况不太好,邻近几个市都发生了绑架儿童勒索案。你听说没有,S 市搞房产的一个老总,儿子被绑匪绑架要五十万,结果钱送到,绑匪还撕了票,惨啊,孩子才十二岁。高总,你的公子今年多大了?

高封扭过脸,不搭理人。学校门口等待接孩子的人多了起来,小商小贩也备足了精神向人们兜售廉价的各类小商品。

高总,你孩子的名字起得好,叫高昊。是如日中天的意思吧? 小家伙长得真精神,像你。初一(五)班坐在第三排中间的那个小家伙,对不? 学习挺好,还是班委呢。上周学校开运动会,我看到小家伙拿了个铅球第二名,对不?

你不去接孩子?

我那孩子不用接,离家近,出门就到。就是学校条件差,孩子也不好好学。前两天还和我闹着要转学,我说还想转学,连这学校的学费都快交不起了。

放学的铃声响了，人们开始往学校门口拥。

哎，高总，我看到你儿子了，高昊——你爸在这哪，你爸开着车来接你了，看到了吗——16888。高总，小家伙听到了。你的公子好认，眉心中间有块胎记，是有福之相啊。

高封一言不发，把儿子推进车里，自己也钻进去。临行时，摇下车窗，探出头对我说，明天上午到我办公室来。

是喽，你走好哇，我准时到。

第二天上午，我讨回了被拖欠了两年的工钱。

妻子的逻辑

刘建超

单位分了新房,家家都忙着安装防盗门,我家例外。

妻子说,我的逻辑,越是保险就越不保险,就咱家不安防盗门,比谁家都保险。我相信妻子的话,妻子的逻辑总是正确的比率大于不正确的比率。妻子爱逛商店。妻子逛游商场总爱往墙角旮旯之类的摊位上钻。说这类摊位的货价要便宜些。因为这类摊子地段不好,租金就便宜些,生意就淡得多。租不到好段位的主大都是没啥门子的老实人,买他的货是抬举了他,让利就大方些。果然,妻子的逻辑在逛商场时屡试不爽。去菜市场买菜,最厌恶的就是缺斤短两。妻子买,很少会有这种现象。一样菜,小贩要八角一斤,她不会去讨下三分五分,总是一句话,不与你讨价,只要够秤。妻子说,我的逻辑是"堤内损失堤外补",你压人家的价,当然得从秤星上补回来。我价钱掏得高些,买得心安理得,你价钱压得低些,买了也疑神疑鬼,心里不踏实,那不是省钱买罪受?!我真佩服妻子。

我家不安防盗门,最着急的是对门二胖。二胖摇着扇子,光着膀子,短裤箍在肚脐一扎之下:"我说刘哥,怎么着,买得起马配不起鞍?一个防盗门值几个钱?我有哥们儿,安个门比谁家的都便宜,我给你联系一个?"妻子说:"胖子,你别费心了,我的逻辑,防盗门也是防君子不防小人,偷盗的人,博物馆的文物都拿走了。你信不,若真是有贼光临,准是先撬你的门。这就跟你们男人进舞场,总想请舞厅内最漂亮的小姐跳舞,上次在舞厅,你为了……"二胖摆摆手:"得了,嫂子,嘴上留情吧,媳妇知道了中午的饺子也甭吃喽。"二胖出了门,嘴里还说好心换个驴肝肺呢。

后来发生的事,果然被妻子不幸言中。

那几天妻子就觉得不对劲。楼下一个收破烂的已经来过两次,每次啥也没收到。妻子说，楼下那收破烂的不地道，我的逻辑，收破烂应该去旧楼收，要搬家的人该扔的扔，该卖的卖，该送的送，人大方也不计较。咱这楼都是刚搬进来的，既然都搬来了，还有啥破烂要扔？没准是个踩点的呢。妻子拎着几个酒瓶几本杂志，拉着我下了楼，妻子与那收破烂的咨询行情，在一只酒瓶是一毛五还是两毛的问题上争来争去。妻子说，你不容易，我们也不容易哇，两口子都下岗了，吃喝都成问题，上楼去看看，家家都有防盗门，就俺家没有，咱不怕贼偷。哎，你刚才算得不对，四舍五入，你还欠我一分钱。妻子很在乎地要回一分钱，扯着我上了楼，回到屋，妻倒在沙发上笑出了泪。

楼里失盗了，七家的门被撬。我住的单元除了我家完好无损，其余四家都蒙难。派出所来了人，查看了现场，一民警特别详细地问了我家的情况，出门时摸了摸门框说，你家为啥不安防盗门？我竟一时语塞。妻子说："对门安了防盗门不是一样得劳你大驾跑来辛苦？"民警直了脖子瞪着眼嘴里却说不出话。

妻子为自己又一次的正确逻辑沾沾自喜，我却一点也高兴不起来，倒觉得欠了人家什么似的。我去找二胖主动帮助他分析案情线索，二胖爱答不理地摆弄自己的防盗门，我帮助马师傅将煤气罐抬上四楼，马师傅连个谢字也没说，关门的声音还特别响。常约我打牌的几个牌友另寻同盟将我"开除"了，没事就找我"切磋切磋"围棋的小孙也另谋高人了。最可气的是晾晒的衣服掉在楼下，我下楼捡衣服的时候里，妻子那条白裙子上竟被踩上了两个大脚印。去单位上班大家看我的眼神有些异常。三两人聚在一起叽叽喳喳，我一走到眼前，人便散开。下了班，从前和我一道走的同事总是找个借口或提前或拖后，把我孤零零撂在路上。妻子说，这是心理变态，我的逻辑，除非咱家也被盗一回。我就盼星星盼月亮地盼着梁上君子也能光顾我家一回。那次在菜市场与马师傅碰了个头顶头，我竟有些歉意地说："您瞧，这盗贼也不再来一回。"马师傅说："这叫啥话，你嫌我家丢东西还少哇。"我说我不是这个意思，可我那意思越说越没意思。我觉得只有我最有义务也最应该维护这栋楼的平安。我睁大了眼睛盯着每一个来我们楼上的陌生人。那天我在楼下乘凉，见一女的手里提着啥东西要上楼，我就蹑手蹑脚跟在后面一直上了五楼，那女的敲开了马师傅家的门，扭头朝后看了一眼说："舅舅，你楼下是不是有个精神病？"

有天下午，下着细雨，我从单位赶回家关窗子，上了楼就觉得不对劲，我家的屋门开着，锁是被撬坏了。被盗啦？念头一闪，我就兴奋地叫了起来：

"我家被盗喽,我家被盗喽。"邻居们围了过来。丢什么东西没有？我查查箱子看看抽屉,没有,看来小偷还没来得及下手。可得多留神呢,最好还是安个防盗门,我连连点头。晚上,我找到二胖:"跟你朋友说一声,给我安个防盗门,价钱高低不在乎,只要结实。"二胖拍拍胸脯说,包在我身上。第二天上午就来了人,叮叮咣咣把防盗门给装上了。大家对我又像从前一样亲热。

夜,妻子枕着我的胳膊说:"咱家的门是我撬的。我的逻辑,你会高兴的。"有泪落在我的胳膊上。

跟踪

傅彩霞

王局长乘三菱电梯下了办公楼,对在楼前等候的司机说:"小李,我今晚有应酬,就在附近,你先回去休息吧。"

"好的。局长。有事打我手机。"奥迪车绝尘而去。

王局长双目警惕地迅速看看四周,然后,佯装迈着悠闲的脚步,左拐,走向了桃花盛开的街心花园。在绿草茵茵的小径随意溜达一圈,又走进密密麻麻的地下停车场,准确地摸到了 A 区,身影闪电般地上了一辆白色的桑塔纳轿车。

桑塔纳像一匹脱缰的野马,在开发区宽阔的公路上驰骋。司机是一位二十七八岁的女子。淡妆。优雅。美丽。时尚。

车上两人窃窃私语。女人柔声细气,男人满目含情。

突然,年轻女子忐忑不安地回头,快言快语地对坐在后排的王局长说:"冒号,你看,后面那辆奔驰怎么一直跟踪我们? 是不是你那个一直不肯离婚的老婆知道了我们的情事,委托调查事务所来抓我们的小辫子,趁机敲诈你的钱?"

"旁门左道搞调查的穷小子,哪有高档 350 越野奔驰车? 你们女人就是心眼小,多疑,真是头发长见识短。"王局长向后瞅了瞅,不屑一顾地开了官腔。

他嘴上虽安慰着女人,心里却无声地打起了鼓,敲开了锣。秦副局长一直盯着自己这个一把手的位子,是不是他想往上爬,想找我点把柄污点? 或者,是房地产公司的钱老板潜伏在自己身边的"间谍"? 收了他那么多钱,这次却没有帮他竞上标呀! 谁也不知道全球会爆发经济危机,房价一跌再跌呀。实在不行,改天退给他?

奔驰车像猪流感一样，一下子搅乱了两人柔情蜜意的世界。

汽车继续呼啸前行。

沉默无语，各有所思。各想各的心事，各打各的算盘。车内空气有点局促，惊恐，窒息。

女子憋忍不住了，说："奔驰还在后面跟踪我们呢。要不，我跟保姆说声，咱们先不去别墅看儿子了？我就此拐个弯，去趟妇幼医院，给我表妹送个奶瓶吧？"

"女人真是啰嗦。就按你说的办吧。"王局长不耐烦地说。都是奔驰惹得祸。

桑塔纳右拐，继续前行。

奔驰也跟着右拐，继续紧随其后。

此时的奔驰车内也是一对男女。

即将临产的孕妇捂着腹部，不停地说："老公，疼死我了。你倒是开快点！我实在忍不住了。"

"老婆，你忍忍，再忍耐一下，马上就到医院了！"

"我生咱丫头时，也没受这个罪。"

"这次可是儿子，B超上看得清清楚楚。带把的！罚这二十万，值！"

"哎呦，快点，快点！不然我可生在车里了。"

"老婆，前面的那辆桑塔纳不能超呀，否则对咱儿子不好不利。"

"怎么不好不利？"孕妇迷惑不解地问。

"你想，咱提速一超，不成了'奔丧'了嘛？"

"嗯。那你慢慢开，儿子出生，咱就图个吉利！"

一前一后，奔驰与桑塔纳始终保持距离，成了繁华都市的一道风景。

变废为宝

杨光洲

起诉状

原告：沙庸观

被告：毕杆子

案由：侵犯著作权及名誉权

事实与理由：原告参加革命工作三十余年，历任乡长、县长、市长、市委书记等职，现已光荣退休。被告系原告退休前最后一位秘书，今年因机构精简下岗。被告下岗后竟盗用原告几十年来的讲话稿开起了催眠公司，向消费者读讲话稿治疗失眠症。被告的公司开业一个月，收入已达一万元。

原告认为：

一、被告严重亵渎了上级的英明领导，侵犯了我的名誉权。被告盗用的讲话稿中，既有上级对全球、全国、全省形势的分析，又有本人对全市、全县、全乡情况的估计；既有上级的普遍号召，又有本人的个别指导；既有对以往经验的总结，又有对未来形势的展望。讲话体现着宏观与微观的结合，普遍性与特殊性的结合，理论与实践的结合，历史与现实的结合。三十多年来，我用这些讲话宣传群众，教育群众，组织群众，落实上级指示，鼓舞群众斗志。这些折射着上级的英明伟大，印证着我的忠诚勤政的讲话，被告竟别有用心地用于催眠，这是对上级的猖狂进攻，是对像我这样的好干部的无耻攻击，我的名誉权因之受到了严重侵害！

二、被告侵犯了原告的著作权。如前所述，我的讲话稿饱含着我的智慧与劳动，我依法享有著作权。被告未经我同意使用讲话稿牟利，使我的著作权遭受了不可估量的损失。

原告请求法院判令被告：

公开登报赔礼道歉，为原告恢复名誉。

立即停止侵犯原告著作权。

赔偿原告著作权损失二十五万元。

——沙庸观口述　　雌黄律师事务所胡言律师代笔

答辩状

答辩人：毕杆子

现就沙庸观诉我侵犯名誉权、著作权一案答辩如下：

一、原告诉我侵犯其名誉权属无稽之谈。为逞官威，沙庸观要求秘书为其写的讲话稿必须有"份量"，即越长越好。这些讲话充斥着空话、大话、套话、官话、谎话、废话、胡话、鬼话，令听众昏昏欲睡。沙庸观每作一场报告，就会有不少人因在会场睡着而受凉感冒，但谁敢不去听他讲话?! 不听他讲话，会被斥为不讲政治，放松世界观改造，扣发奖金! 原告所谓宣传群众、教育群众、组织群众是假，欺骗群众、压迫群众、摧残群众才是真! 若真如原告所言，这些讲话有鼓舞斗志之积极作用，又怎会因我向消费者诵读而使其名誉权受到侵害呢? 我向消费者承诺：听完全篇讲话不入睡者，分文不收。原告起诉我以这些讲话催眠获利一万元，这是事实，但这不正是他对这些讲话实效的"不打自招"吗?! 群众听了讲话是兴奋还是瞌睡，要由讲话的内容来决定。原告因这些讲话使人酣然入梦而指责被告侵犯其名誉权，纯属恼羞成怒，无理缠诉!

二、原告不是这些讲话稿的著作权人。沙庸观学历尚不及初中毕业，写不出长篇讲话稿，其讲话稿皆由秘书代笔。沙庸观只是公家养着的一只念讲稿的机器——且常把字念错而出丑! 本案中的讲话稿著作权应归秘书及单位所有，沙庸观无权染指!

本案中的讲话稿本应扫入历史的垃圾堆，但我认为其虽为"怪胎""毒瘤"，却毕竟是吸吮民脂民膏而成，应废物利用，变废为宝，化腐朽为神奇，故以其催眠作用服务社会，造福人民。请求法院驳回沙庸观的无理要求，保护本人开发新资源、促进节约型社会建设的创新之举!

判决书

·············

合议庭查明,原告沙庸观诉称拥有著作权的讲话稿皆系其退休前代表单位作的工作报告。根据《中华人民共和国著作权法》第十一条之规定,"由法人或其他组织主持,代表法人或其他组织意志创作,并由法人或其他组织承担责任的作品,法人或其他组织视为作者",沙庸观不拥有讲话稿的著作权。本院依法将原告各原单位列为第三人通知参加诉讼。各单位均称因忙于贯彻上级最新讲话精神而无暇参加诉讼。虽经合议庭要求,原告不能提供被告侵犯其名誉权的证据。

本院判决如下:

驳回原告沙庸观全部诉讼请求。

诉讼费六千二百六十元由原告承担。

原、被告如不服本判决,可于十五日内上诉至 Y 省高级人民法院。

尾声

十五天后,沙庸观登门拜访毕杆子,要求加盟催眠公司,亲自为消费者诵读讲话稿。两人的手紧紧地握在了一起⋯⋯据统计,沙庸观读讲话稿的催眠效率比别人高出百分之五十以上。一年后,沙庸观和毕杆子的催眠连锁店开得全国到处都是。

一份检查和三个结局

杨光洲

检查

我错了。由于我工作的疏忽,破坏了我市的政治稳定,造成了严重的不良影响,我诚心向组织作出深刻的检讨!

3月9日,我接到通知,第二天中央电视台要到我市采访廉政建设的先进典型。市纪委的领导要我通知一些部门单位的领导明天到纪委开廉政建设经验座谈会,以配合电视台记者的采访。我在向各部门单位打电话时都只是说:"请你们的纪委书记和一把手明天到纪委来一趟。什么事?关于廉政建设的,来了就知道了。"我之所以说这么简单,是因为临近下班了,要通知的部门单位多,时间紧,这些部门单位平时又都总结有成套的廉政建设经验,无须作更多的准备。另外,是想让大家面对采访时自然一点,不要像小学生背书似的念材料。而实际效果却证明,我的这种工作方法过于简单,使不少部门单位的领导产生了误解,给我市的稳定造成了无法挽回的损失。

第二天,电视台记者来采访时,到会的部门单位领导寥寥无几。会后陆续传来消息:国土局局长接到纪委通知后大小便失禁,心脏病突发,不醒人事。财政局局长听说纪检书记陪他上纪委,第二天一大早就到反贪局自首了。公安局局长当天晚上就失踪了,至今下落不明,有人说他已逃到加拿大了。交通局局长连夜杀死了情妇,他以为是她向市纪委检举了他,要灭口。卫生局局长服毒自杀,留下一封忏悔信和一个长长的名单。

这一切都是因为我工作方法简单、工作责任心不强造成的,在组织的教育、批评、帮助下,我认识到了自己的错误,感到深深的内疚和痛心!

我是今年年初才通过公务员考试进入市纪委工作的。我缺乏工作经验，平时不注意向老同志学习，这是我此次犯错误的一个重要原因。我愿意在今后的工作中虚心向老同志学习，克服自己的缺点，改正自己的错误，请组织给我机会……

木小水

3 月 16 日

结局一

木小水被开除了。被开除了的木小水精神失常了，到处上访。每到当地开党代会、人代会、政协会时，或有上级重要领导来当地时，都有专人负责看守木小水，防止他闹事……

结局二

木小水"风光"了。省纪委在木小水所在的城市顺藤摸瓜，查出了一批窝案、串案。正是木小水歪打正着的电话通知才打开了这些案子的突破口。也有人说这是他的机智。他被评为优秀纪检干部，成了传奇人物，有人要以他为原型拍电视剧……

结局三

木小水既没有被开除也没有"风光"起来。他还在纪委办公室上班，整天无所事事。公务员考评第一年，他的考评结果是基本称职，第二年是称职，第三年是优秀。大家都说，这个年轻人比刚来时成熟多了……

谁在关心我

吴忠民

来短信了。刘洋翻开手机，屏上赫然显示：你不联系我，没关系，我联系你；你不思念我，没关系，我思念你。祝你在这个特殊的日子里……

短信并没有落款，来信显示的是手机号码，没有姓名。

显然，这个人不常联系。不管他，刘洋想。

晚上关灯之前，刘洋突然就想起了白天手机短信的事。他告诉了妻子艳红。刘洋喃喃道："你说能是谁呢，要说不熟悉，语言又显得很亲密，要说是熟人，我又没存他的号码。"

你回复一条短信得了，敷衍一下，管他谁谁呢。艳红大咧咧地说。

刘洋是个认真的人，回不回短信无伤大雅，但到底是谁发来的短信，对刘洋来说，却真的是解不开的谜。

第二天上班的时候，刘洋对办公室同事讲了这件事。讲完，刘洋让同事们帮忙回忆回忆，那是谁的号码。最后当然是没有结果，号码很生，不像单位任何一位同事的电话。闹腾了半天，最后科长总结说，刘洋啊，有祝福就好，不见得非要刨根问底呀，吃了鸡蛋还非得知道是哪只母鸡下的吗？你也太较真了。

不是他们想的那回事。刘洋想，即便是祝福，那也是别人送给他的恩惠，是人家的一片心意。

这样一想，短信这件事就始终萦绕在刘洋心头。

过了个把月，刘洋还是没弄清这号码是谁的。这期间刘洋也断断续续向其他朋友打听过这个号码。妻子艳红说，一个短信快把你弄成神经病了，是男人就拿起电话直接问呀。

实在没有高招的刘洋索性就拨通了那个号码。

直接问你是谁呀显然不是明智之举。

电话通了,竟然是一位女士。刘洋就拿出早准备好的热情的腔调:喂,你还好吧,这一阵忙啥呢?

有啥可忙的呢,还不是老一套。电话里对方说。

想试探她的工作性质和单位,失败了。对方的声音也很陌生,听不出来是谁。

刘洋又问,这几天你和哪些朋友在一起呀?我好久没和大家联系了呢。

对方笑嘻嘻道:还不是那几个鬼呀,怎么,你要有空就过来和我们一起玩。

刘洋唔唔地应着。末了,刘洋说常联系,就狠狈地挂断了电话。

是谁呢,谁在关心我。试探不成,败下阵来的刘洋简直有点恼怒了,这么小的一件事都做不好。

终于有一天,饱受短信困扰的刘洋想到了一个好法子。刘洋写好了一条短信给那个号码发了过去,大意是他想请客,让要好的朋友们聚一聚,到底都该请谁呢,让对方给拿个方案。

这样一来,不但朋友们相聚了,对方是谁也知道了,不伤面子,两全其美。

十多分钟过后,对方来电了。

女士在电话里说,刘洋你太热情了,感谢你的邀请,可是我们有规定,不能接受客户的吃请。顺便告诉你个事,二期楼盘下周开盘,有兴趣的话,请你和夫人届时前来售楼部……

我晕。刘洋翻出这个储存了两个多月的号码,快速删除。

晚上临睡,妻子艳红问刘洋,那个人到底是谁呀?

刘洋一贯充满智慧而深邃的眸子里露出了遮掩不住的茫然,夹杂着些许失望。

嗨,一个很远的朋友。

锁

吴忠民

梅梅打来电话。嫩生生的声音带着哭腔。

梅梅说，妈，咱家床上睡了个男人。梅梅声音有点抖。

红英一急，把一个药盒差点捏瘪了。红英向四周打量了几眼，把电话向脸上紧紧贴了贴说，你再说一遍，唔，看清楚那人长啥样了吗？别怕，乖孩子，你现在在哪？

梅梅说，我悄悄反锁了门，下楼后我就待在街角电话亭里。我说了你可别生气，我觉得那人背影有点像楼下的海涛叔叔。

家里睡了个男人，还有点像三楼的海涛叔叔，不会吧。红英寻思，梅梅的爸爸在外地工作，回不回来她应该是最先知道的，况且她下午离家上班的时候梅梅爸爸也一直没回来。退一步说就是梅梅的爸爸回来了，也不会专门去邀请楼下海涛睡到咱家里呀。红英心里一紧，臂弯里的一摞药盒哗啦啦散落在桌上。红英慌忙向护士长打了招呼，拦了辆车急慌慌地赶到了街角电话亭。

妈。梅梅见到红英，咧开嘴哇地又哭起来。

吓坏了吧？孩子。说着，红英迎着梅梅张开臂膀。梅梅没有像往日那样扑进红英怀里。路灯下的梅梅眼睛肿得桃子似的。梅梅说，从辅导班回来刚一进门，我就看见卧室里有个男人在，我害怕。咱给爸爸打电话，让爸爸回来抓了他？红英摇摇头否定了。爸爸回来我能说清楚吗。要不，咱报警？梅梅紧逼一步又说。

红英想了想，对梅梅说，既然你看那人像海涛叔叔，咱贸然报警不太妥吧。能不能让小区保安和咱一起回家先看一看，把你小芬阿姨也叫来，好不好。

被红英电话请回来的小芬，嘴唇都气青了。小芬深深地剜了红英一眼，冷了脸子，一扭一扭，和三名保安一道走在最前面。

卧室的灯亮着。侧面看去的第一眼，小芬一下子认出了睡在红英床上的正是自家男人海涛。小芬冲上去照准海涛的脸就是一记响亮的耳光。打了一个激灵的海涛缓缓睁开眼睛张望，逐一辨认着围在床边的几张变形的脸，一股浓烈的酒气从海涛身上弥漫了过来。

紧张得快要迸发的气氛，在酒精的慢慢挥发中缓和了下来。

保安说，看样子是你们两家的私事，没我们什么事就先走了。

说，咋睡在人家红英床上的。小芬一副这事不算完的架式。撑起身子溜下床的海涛，轻轻捅了捅小芬的胳肢窝。走，咱回，人丢大发了。海涛羞愧得声音很低。

小芬斜倚着门框堵了门，纹丝未动。海涛瞄了红英一眼，慌慌低下头说，真对不起，单位招呼检查，喝大了，钥匙摸出来，这门一捅就开，我真不知睡哪儿了。说完，海涛趔趔趄趄摇晃到门口，摸出钥匙，真的就打开了红英家的锁。

小芬看得十分清楚，海涛打开红英家门的钥匙，正是他们家门上的那把。小芬一下子咧开了嘴巴，笑说，楼上楼下一家人，平日里我和红英好得跟亲姐妹一样，赶巧了，让这把锁给闹得哈，真不好意思，吓着孩子了。

临下楼，略清醒了一些的海涛一步三回头，双手合掌作揖般地说，妹子对不住，对不住啊，赶明你把锁换了吧，费用算我的。

说哪里话，邻居处了这多年，换了倒显生分，谁还偷谁抢谁呀怎么着，不用换不用换。红英坚决地挥挥手说。

海涛的罪孽深重了。小芬一边贴面膜，一边反复斥责海涛没有酒德，喝不了你就别喝。小芬举一反三拿例证说明酒醉失态的危害，酒杯虽小伤心事大。呷着小芬泡来的浓茶，海涛似听非听地打开了电脑。看，同一把钥匙能打开两把锁，这种概率达到万分之三，正常，正常。这下你彻底放心了吧。海涛在电脑上为自己的行为找到了合理的解释，不无兴奋地说。

在红英领孩子去梅梅爸爸那儿探亲的这天，海涛和小芬请来了全城有名的开锁王，让那师傅给家里换一把新锁。师傅安好锁，咔咔调试一番，把一套原包装的钥匙递给了小芬。师傅得意地说，这几天生意还特好，昨天你们头顶上的四楼也换了一套新锁。

入狱

韦健华

"他妈的,过来帮老子洗脚!"晚餐中刚抢了谷峰两个窝窝头的胖子便对他大声叫唤。"他妈的"就是他这两天的名字,同监房的那些人都是这么叫他的。

就在这不到两天的时间里,谷峰的处境真可谓一落千丈。昨天,他还是副科级领导干部培训班的学员,而且他们这些学员在这次学习结束后基本上都要担任正职。更让人振奋的是他前天在培训班结束时提出"去一些新奇的地方旅游、搞一些刺激的旅游"的提议竟得到了培训班领队、县组织部部长方明的赞同,要知道方部长是不轻易答应外出旅游要求的,可见方部长对他是多器重,弄得其他学员都说他官运来了。可是,做好出去旅游准备的他,昨天一大早却被人送进了这监狱。

与谷峰同一个监房的还有五个人,除一个一身横肉的胖子、一个五大粗似的大块头、一个会武功的瘦子外,另两个也都是亡命之徒、凶狠的人,都是些什么事都干得出来的主。胖子告诉过谷峰,他们都是打死人和打伤人、砍伤人进来的。

谷峰与他们同劳动同生活。白天用人力车拉砖时,胖子、大块头趁管教不注意就把他们车上的砖加到谷峰的车上,累得谷峰够呛。吃饭时,谷峰的五个窝窝头却被这胖子抢去两个,弄得谷峰只吃了个五成饱。谷峰一表示不满,"嗯——"胖子这一吭声,其他人立即过来把谷峰围在中间,恶狠狠地瞪着他,大有要将谷峰撕碎的样子。

昨天晚上,睡惯了高级席梦思的谷峰突然睡在监狱这硬木板床上,本来就够难受了,还整夜被那磨牙声、梦话和像打雷一样的呼噜声搅得根本没法入睡。今天早上天蒙蒙亮时,他迷迷糊糊刚要入睡就被人叫起床:"他妈的,起来起来,你当是在你家里,这是监狱!"谷峰稍慢了一点,那人就将他从床上掀起来:"去帮老大打洗脸水。"

这会儿,被称为"老大"的胖子又对他使唤上了。谷峰倒洗脚水慢了些,胖子便瞪眼说:"到了这里还摆那官架子? 在外边当老大惯了吧! 记住了,在这房子里老子就是老大!"可就在洗脚的过程中,胖子却不停地刁难谷峰,不时把水溅在他身上。

谷峰知道"好汉不吃眼前亏"这句话的意思,更明白"人在屋檐下不得不低头"这道理,他知道跟这类人硬顶准要吃亏,所以只能忍着。

洗完脚后,胖子又叫谷峰帮他按摩。谷峰哪懂按摩! 不是下手轻就是下手重了。这胖子不住地骂着:"想捏死老子呀! 笨蛋,你在外面那些小姐是怎么帮你按摩的!"

"是他按小姐的!"旁边的人淫秽地笑起来。

他别说还是个副局长,就是在当副局长之前也没受过这种罪和气呀! 他真正地感受到了监狱之苦。他不由地苦苦地思索:自己咋被送进这种地方来了!

刚进来的时候,谷峰问为什么把他送到这里来。送他进来的那人说:"你自己在里面想吧! 明天后天是双休日,有什么要说的你三天后再申述。"他去找管教员,没用! 管教员说他只管监狱内的管理,不管其他的事,至于谷峰是否有问题,那是公安机关与检察机关的事。

他在这两三天中几乎将自己参加工作以来的事都非常仔细想过一遍。他把买官、卖官、索贿、受贿、贪污、挪用公款……不正当的男女关系那些违法行为都想了一遍,都跟他挂不上边。他只是利用手中的权力把他的小姨子从那倒闭厂调到了局里,还有几次过生日时排场搞得大了些,可这充其量也是违纪,够不着进监狱呀! 谷峰又想,是不是哪个诬告了他,或者是张冠李戴,把别人的问题弄到他身上来了?

第三天下午,那个送谷峰进监狱的人来了,谷峰正要向那人申辩。那人却先开口问他:"谷局长,你参加的'监狱生活三日体验'旅游活动已经结束! 这是我们新开办的一个旅游项目。怎么样? 这个项目刺激吗!"

"旅游项目?"谷峰丈二和尚摸不着头脑了。这时,胖子跟那几个人一起过来笑容满面地说:"是的,谷局长,我们是旅游公司的职员。为了让您真实地体验到监狱的生活,我们的一些过分做法请您原谅!"说完,他们一齐向谷峰深深地鞠了一躬。

　　谷峰开始还真不相信这是一个旅游项目，离开监狱回到宿舍，看到其他十几个培训班的学员也蓬头乱发、胡子拉碴的，才知道他们与自己一样，参加了这个旅游项目。

　　在集中讲话时，方明解释说："这是一个新开设的旅游项目，为了让大家体验到这项目的新奇效果，我们事先没有告诉大家。"

　　"旅游项目？"大家都惊讶得不得了。

　　让大家更惊讶的是，他们之中这天有五个副局长主动交待了自己受贿和买官的事。

表事

魏永贵

老王给妻子打电话的时候是笑着说的。老王说这次开会发了一件纪念品。妻子说好啊，是件什么东西呀？老王说是块表，很精致的女表。

的确，此刻，这块精致的女表就搁在老王的床头，柔和的床头灯照在表盖上，隐隐散射着蓝莹莹的光。老王来这个城市开会一个星期了，明天就要散会，上午主办方发了这块纪念品。领回纪念品的时候，老王就对同一个房间的小李说，这块表真是不错，给老伴儿戴吧有点可惜了；送给情人吧，咱还没有。

老王说的"可惜"，是说这块精致的女表设计得很时尚，给皮肤起皱松弛的妻子戴，确实有些不合适。现在，临散会的头一天，老王打电话给老伴儿例行汇报行程，忍不住说了纪念品的事。而且，平时喜欢说笑话的老王又笑着对老伴儿重复了这句话。

老王说，哎呀，这块表真是不错，给你戴吧，真有点可惜了；送给情人吧，咱也没有。这可咋办呢？

老伴儿知道老王是跟她开玩笑，没有生气，笑嘻嘻地在电话里说：没有情人你可以去找啊，你不是明天散会吗，还有一晚上的时间呢，你就不能出息一点找一个，把表送出去。老伴儿说完了又笑着补充了一句，你要是不把表送出去就别给我回来。

老王就呵呵笑了。老王说行，老婆的话就是圣旨，今天晚上就有一个晚会，我就趁机想办法找一个。我不信这么好的一件东西就送不出去。

老王是说着玩儿的。其实晚上也没有什么晚会，不甘寂寞的人都自由活动去了。老王挂了电话乱看了一阵电视，后来就打起了呼噜。

第二天，老王就坐上了回家的火车，后来又转了汽车。

回到老王所在的那座小城，已是万家灯火的时刻。老王想把那块表先藏起来，告诉老伴儿纪念品送人了，让老伴儿自己去旅行包里找，等老伴儿找不到，半信半疑的时候，再拿出来，给她一个意外的惊喜。

老王想到这里就去包里找表，准备找出来藏在内衣兜里。

找着找着老王脸上的汗就下来了——那个装表的小礼品盒——没有了。老王记得收拾东西的时候，把礼品盒放在旅行包旁边一个带拉锁的口袋里了。老王又找了一遍，而且把包翻了个底朝天——装着表的礼品盒确实没了。这么说在坐火车坐汽车，比如买票上车的时候，遭遇了贼手。

老王本来是在兴冲冲往家里走的，突然就觉得脚步沉重起来了。老王知道，眼下，是不能直接回家的。老王站在马路边上，犹豫了许久，最后迈动了双脚。

老王去了一家钟表店，经过一番挑选和讨价还价，买了一块表。一块女表。老王松了一口气，开始往家走。

贪酒的贼

魏永贵

　　贼从阳台爬进二楼 A 室,很快就为自己的选择失望了,因为这屋子空荡荡没有什么值钱的东西。虽然后来贼仍然抱着一线希望翻箱倒柜,最后还是没有发现细软和现钞的踪迹。

　　贼找得有些累了,倒在沙发上,这时候就看见了柜台上的酒。酒瓶的商标上醒目地写着"XO"。贼眼睛一亮。贼以前没喝过这种酒,但见过,在电视上。电视里的时髦男女上床前一般要喝半杯这种东西。

　　贼起身顺手就把酒瓶盖儿打开了。贼没有用酒杯。贼平时喝酒都是用嘴对着瓶嘴的。贼咕噜噜大喝了几口,咂咂嘴,没品出什么味道。贼想洋人的东西只适合洋人的胃口。贼就没再喝下去,把剩下的酒放回原处,没忘记盖盖子。贼想主人回家一定会发现酒少了,没准儿还要骂几句。

　　贼不想在这个屋子里耽误更多的时间。贼还要去下一个目标。离开屋子贼不想再走阳台,而是大大方方走正门。贼有贼道。贼从来不走原路。

　　贼于是去拉防盗门,突然发现门后贴着一张纸。贼本来不打算去看,但问题是纸上醒目的标题吸引了他:"忠告不请自来的陌生朋友。"

　　贼一下看懂了。贼知道这个是给自己这一类人看的。贼就真的看下去了。

　　"陌生的朋友,真不好意思,让你乘兴而来,扫兴而归。家里穷得啥也没有,就剩半瓶酒。但愿你没碰过那东西。如果你碰了——特别是你喝了那酒,事情可就严重了。我在那酒里兑了一种东西,两天之内,饮者就会七窍出血而死。"

　　贼看到这里,浑身一震。贼忍不住继续看下去。

　　"你也许以为这是假话,那么十分钟你就会有点感觉,一个小时就会疼痛加剧,十个小时浑身抽搐,二十个小时……你可以试一试。"

贼看到这里,头上的虚汗下来了,抓门把手的手颤抖起来。贼忽然感到肚子有一种隐隐的绞痛。贼咬着牙往下看。

"我想你已经有感觉了。如果想求一生,请拨电话:5682995。'995'就是'救救我'的意思。如果你认为我犯了投毒罪,可以去法院告我,但问题是,你根本没有时间去打官司。"

贼感到肚子里的疼痛更加剧烈。贼有些绝望。贼不想死。

贼捂着肚子摇摇晃晃走到电视柜旁抓起电话拨通了5682995。

对方说哪一位。贼说是我。对方说"我"是谁呀?贼说我是是——贼突然想起门后的纸条。贼就说我是那个"陌生的朋友"。对方说哦,明白了!你需要帮助吗?贼有气无力地说,非常需要,越快越好。对方说不要紧,时间还来得及。对方问你在哪儿?贼说在你家里。

几分钟后,贼看见防盗门开了,进来三个人。三个警察。贼一愣,龇牙咧嘴乖乖把手递给了拿手铐的警察。贼想到了有可能来的是警察,但总比死在这儿好。

贼说,你们快救救我。

一个警察说,你死不了,酒里面只是多放了两包泻药。

贼说,你们用这种方法抓我不高明。

另一个警察说,效果还行,你是第六个了。

第三个警察说,又得往酒瓶里放点儿东西了,不然下一个贼没多少喝的了。

瑞克和他的测康仪

郭震海

　　瑞克潜心研究了整整十年的测康仪终于问世了,这让他很兴奋。

　　测康仪将人身体所有的部位和器官的信息全部压缩成数据编辑在一个小小的电脑芯片上,形状、大小如一块普通的怀表。瑞克装好电池,打开开关,测康仪的红灯闪烁了五秒过后,绿灯亮起,一个甜美的声音从测康仪中传出:"早上好,亲爱的! 很高兴您使用本产品,现在是北京时间早上七点十分,您应该用早餐了。您的睡眠严重不足,应该注意休息。您由于长期严重缺乏锻炼,脊椎已经变形,腰椎间盘开始突出,痔疮明显。由于长期饮食无规律,您的消化系统正在向您发出警告。您的口腔有四颗牙齿正在形成龋齿,您的……"测康仪一连串的报告让瑞克既兴奋又对自己的身体开始担心,他过去拼命地工作,从来不觉得自己有病。

　　早餐后,瑞克将测康仪挂在脖子上去公司上班,走在川流不息的街上,测康仪几乎一刻不停地发出警告:"注意,在您的前方一米处正走来一位乙肝病毒携带者!""注意,一位艾滋病患者正从您的身边走过!""注意,您已经吸入带有病菌的可吸入颗粒物。"

　　到公司后,瑞克正准备推动旋转门,测康仪又及时向他发出警告:"注意,门上有大量的大肠杆菌和梨形虫。"瑞克急忙缩手,用脚尖打开门。坐下后,瑞克拿出水杯正准备去接水,测康仪又发出警告:"亲爱的,您的水杯应该及时做灭菌处理。"瑞克按照测康仪的提示洗完水杯走到自动饮水机旁,刚按下开关,测康仪又发出警告:"注意,水质已经遭到化学污染,对身体有害,请慎重选择!"瑞克端着水杯愣在那里,是这仪器出了差错还是这水真的受到了污染? 这纯净水可是自己多年来很钟爱的一个老品牌,电视广告天天宣传说这水是地下甘泉经过多次净化、过滤的产品,怎么会被污染呢? 瑞克按下测康仪的自动检测开关,得到的回答是:"正在工作状态,电量充足,一切正常!"

中午朋友宴请,在餐桌上测康仪频频响起,几乎对每一道菜都发出警告说,含有对人体有害的化学成分。当瑞克拿出测康仪向朋友展示他的研究成果时,这该死的玩意儿在朋友的手里又是频频警告,真有点哪壶不开它提哪壶的意思。在场的七位朋友没有一位是健康的,每一位都有不同程度的职业病或潜在的多种病症,如高血压、高血糖、高血脂等。

瑞克很担忧,难道现在满街奔走的人都不健康吗?工业污染,环境破坏,空气污染,饮用水变质,蔬菜农药残留超标,各种肉类添加剂超量……难道我们每天真的都生活在这样的环境中吗?我们该如何维护自己的健康呢?

瑞克很不相信自己发明的仪器。在人流中,瑞克启动测康仪的红外线搜索系统,几乎所有的行人都处于亚健康状态。

有一天,瑞克所在的公司向某大型国有煤矿订购了一份电脑采煤操作软件,当瑞克到该煤矿洽谈相关事宜时,测康仪在瑞克的胸前就如一只欢快的百灵鸟一刻不停地鸣叫。一上午瑞克滴水未进,恨不得找一副超厚的大口罩戴上。

临别时当对方伸出手来,准备握手道别,这该死的东西又在警告,这让瑞克很是尴尬。瑞克决定将这该死的东西彻底毁掉,因为它已经严重扰乱了瑞克的一切,测康仪没有给他的工作和生活带来便利,反而带来无穷无尽的恐惧。

瑞克匆匆回到家后,将鞋一脱,先做了一个彻底的放松,然后眼一闭将测康仪狠狠地摔在地板上,完整的测康仪被摔得七零八碎,瑞克听到剩下的一个芯片还在地板上不断地警告:"亲爱的,请您最好穿上鞋子,您的地板上有真菌,如果不及时消毒,赤脚行走很可能会染上脚气……"

"这该死的!"瑞克说。

穷人节

周海亮

去国外某地旅游,恰好遇上当地的穷人节。

穷人节?仅这名字,就令人顿生好奇,倍感亲切。穷人节的主要节目,便是扭秧歌。我想这也贴切。我生活的那个城市,有钱人去歌厅舞厅,去酒店健身房;穷人们随便找个广场,大喇叭一响,秧歌扭起来,倒也自娱自乐。看来秧歌并非是中国穷人的专利,全世界无产阶级都喜欢扭秧歌,只是动作稍有不同罢了。

秧歌队扭过来了。队伍的最前面,几百名流浪汉腰扎彩带,头系红绸,组成整齐的方队,声势浩大。也难怪他们高兴,流浪汉终于得到重视,迎来属于自己的节日,怎能不开心呢?更何况,最为关键的是,当秧歌扭完,每人都能够得到一杯免费的热咖啡。

紧随流浪汉的第二方阵,便是我们常说的穷人。他们的方阵最为复杂,有待业者、失业者、工薪阶层,也有破产企业主。可是不管如何,从穿戴上,一眼便能看出他们是穷人。比如某人穿了件名牌上衣,裤子却是地摊货;比如某人虽然一身名牌,但鞋子只值十块钱;比如某人穿着一套价值不菲的西装,却只系着三块钱一条的腰带。更重要的是,他们全都挺着一种"贫穷"的表情。那表情卑微低下,恰好证明着一种身份。总之,人的贫穷是掩饰不了的。还好,这个城市的人们并没有掩饰,一万多人的巨型方阵,便是证明。

然后,便是由白领和小商人组成的方阵。我想他们应该属于这个城市的中产者,怎么也把自己当穷人呢?拽住一个人问。那人说,什么中产者?我们穿不起大名牌,吃不起大酒店,开不起好车子,买不起大房子,我们是城市真正的穷人!我告诉他,前面有人甚至吃不饱饭,你跟他们比,算是富翁了。他听了,反驳说,我可不这么看。何谓穷人?买不起想买的,得不到想得到的,便是穷人。

　　再往后,我就彻底看不懂了。如果说第三个方阵还勉强算得上穷人方阵的话,那么组成第四个方阵的那些人,一看便是成功人士。他们的方阵由二百多人组成,多大腹便便,仪表堂堂,穿戴讲究,甚至方阵里缓缓行驶着很多名牌轿车。

　　我混进他们的队伍,三扭两扭,很快跟一位戴了十个钻戒的中年男人混熟。我问他,难道你也是穷人?他一边扭,一边点点头。我说可是你看起来很阔绰啊!他说,看起来很阔绰?当然,我有一家很大的公司,固定资产上千万,光轿车我就有十几辆,看起来的确很阔绰。可是你不知道,我公司的贷款和欠款加起来,足有三千万之多啊!我说,那就是说,你不但不是千万富翁,还是拥有几千万的"负翁"?男人点点头,扭得更欢。看来,这个方阵里的所谓的成功人士,远比前几个方阵的人更像穷人。

　　可是接下来的由不足百人组成的方阵,却是真正的富翁。我问过几个人,他们的净资产都有几千万上亿元。这就很奇怪了,他们是这个世界真正的富人,他们应该过富人节而不是穷人节啊!将不解跟其中一人说了,他笑笑说,仅从资产上说,我们的确算得上富人,可我们缺的是自己的时间啊!

　　缺时间也算穷人?

　　当然。他说,你们可以喝闲酒,聊闲天;可以逛公园,看电影;可以用一个下午的时间喝掉一杯咖啡,读完一本书。我们呢?我们恨不得把自己劈成两半来用,把一分钟掰成两分钟来用,我们努力工作,拼死拼活,到头来,为了什么?

　　我刚刚退出"穷人富翁"方阵,秧歌队伍的最后一个方阵便闪亮登场。那是最为奇异的方阵,他们表情各异,穿戴各异,甚至有人光着膀子。再细看,竟能从他们的脸上看到工薪阶层的影子,白领阶层的影子,单位领导的影子,无业游民的影子,百万富翁的影子。很显然他们没有按照要求站到本应属于他们的方阵里,他们彼此开着粗俗的玩笑,有人甚至大打出手。

　　我小心翼翼地跟一个看似领导的男人搭上话。

　　你是穷人?

　　我是穷人!

　　你为什么这样看?

　　我不知道!

　　不知道?

不知道！但我就是感觉自己是个穷人！说到这里，他骂出一句粗话。另一个年轻人骂骂咧咧，冲他晃晃拳头。他二话不说，冲上去就是一脚，两个人便扭打起来。

他不知道为什么感觉自己是个穷人，但是我知道。他们成功或者不成功，有钱或者没钱，有地位或者没地位，有时间或者没时间，有文化或者没文化，都无关紧要。重要的是，他们没有素质——做人最基本的素质。我想这个方阵里的人都是如此。那么，他们是这个城市里彻头彻尾的穷人。

我想告诉你的是，这个秧歌队伍，由两万五千人组成。而这个城市也只有区区两万五千人。

我只是游客，不是小城居民。然而那天，我想，也许我也该跟随他们的队伍，扭一把穷人节的大秧歌。

神奇的拉链

徐均生

教授带着新研制的拉链来到市政施工现场,对施工负责人说:"你们不是今天埋电缆,就是明天修管道,每次都要把道路挖开再填上,这样太麻烦了,只要你们使用了我研制的拉链,就省力多了。"施工负责人不信。教授当场安装上拉链,然后拉上,拉开,又拉上,真是神奇极了!

施工负责人立即报告给领导。领导亲自来到现场,观看后当即拍板:"就这样定了,我们从今天开始就使用教授的拉链!"领导紧紧握住教授的手非常感激地说:"好事啊,你为社会为人民做了天大的好事,感谢您!"

这款特殊的拉链,教授花费了毕生的精力,经过成千上万次的实验,终于研制成功了。

领导悄悄地问教授:"您还有没有其他功能的拉链? 比如口才方面的,我开会时总感到没话好说。你能不能帮我研制这样的一条拉链?"教授说:"没问题,我只要把您这方面的需求输进电脑程序,把拉链安装在你的嘴巴里就可以了。"

领导跟着教授来到实验室,教授给领导安装上了特殊的拉链——一条很小很小的肉眼都不太容易发现的拉链。领导按教授的说明试了一下,嘴一张,竟然一口气讲了四个小时,连水都不需要喝一口。

领导好开心。领导就天天开会,天天讲话,天天口若悬河,天天滔滔不绝。领导成了市里的奇才,领导获得了领导的领导的好感,领导就升官了。领导升官后,来请求教授:"现在急需增加口才中的思想性,您能帮我解决吗?"

教授说没问题,就给领导安装了一条思想拉链。每当开会,领导必讲孔夫子、老子、庄子、墨子等等,领导能把国内外思想家的思想,都经过他的语言表达出来。"思想是我们行动的指南,一个人没有思想,就如同一根木头!"

领导又升官了。领导又来找教授。领导心事重重地说:"教授,我都快五十岁的人了,可我还没有体会过真正的爱情,您说我还能有这方面的情感吗?"教授说:"哪怕你到了八十岁,也保证让你如同二十岁时一样谈情说爱!"

领导惊喜万分,当即让教授给他安装上爱情拉链。不久,领导恋爱了,领导爱上了一位比他年轻三十岁的歌星。领导如同诗人一样,天天给歌星写爱情诗。歌星深深地感动了,投进了领导的怀抱。

领导年轻了,领导的能力更强了,领导又升官了。领导又来找教授。不,是领导派秘书来请教授的。教授来到领导那富丽堂皇的办公室,惊讶得眼珠子发直,天下竟有如此豪华漂亮的办公室!

领导对教授说:"今天请您来,还是为拉链的事。不瞒您说,我现在需求的东西太多了,根本没有办法满足。请问教授,您能不能给我安装人生当中所需要的所有拉链?"

教授回答:"行啊,只要你想要,我当然可以给你安装。"教授又提醒说:"不过,如果你使用不当,可能会给你带来不好的后果。"

领导连忙表示:"我一定会好好使用的,不会出错。您放心好了。"

教授就给领导安装上了很多的拉链,什么财富拉链,什么性功能拉链,什么智慧拉链,等等。领导更有能力更有水平了,领导得到了前所未有的荣誉。领导成了家喻户晓的人物。领导的家乡给领导修订了家谱,修缮了祠堂。领导的家乡成了众人神往的地方。

过了几年,教授正在研制一种更科学更便捷的拉链,突然闯进来两个蒙面人,用黑布蒙住了教授的眼睛,强行带上了车。教授显得很平静,不反抗,不呼救。教授被带到一个房子里,揭开了黑布。教授眨了眨眼睛,终于看清楚了眼前的一切:一位肥胖的男人站在房间的中央,动弹不得——他就是领导。

领导迫不及待求教授:"请您帮帮我吧。"

教授痛惜地说:"对不起!我帮不了你。"

领导再求教授:"您是教授,您能研制出来,肯定也能破解的!"

教授很无奈地说,"很抱歉,我现在还没有破解它的能力。"

领导绝望了,领导流泪了,领导痛哭失声。

因为装在领导身上的所有拉链,都变成了铁链、铁杆,领导如同关在铁栅栏里,怎么弄也出不来,怎么打也打不开。

教授也很纳闷儿:"这拉链怎么会变成铁链铁杆呢？真是奇了！"

别不把村长当干部

欧阳明

你啥时回来一下,请村长吃顿饭,好把我的坟地批了。父亲已是第三次说这件事了。

父亲第一次说的时候,他不以为然,说,你还不到七十岁,身体又那么硬朗,急着要坟地干啥!父亲说,那地我找人看了,是块福地,下手晚了,怕别人占去。他说直接找村长批就行了嘛。父亲说,不行,上次你奎叔的那块,还是他儿子亲自回来请村长吃了顿饭才批到的。奎叔的儿子在外县做副县长。

那好吧,我抽空回来一趟。他说,但却不是很上心。父亲第二次催促的时候,他正出差在外,说出完差就回去办。但出差归来忙于工作,他不仅没回去,反而还把事情给忘了。

我这周双休日回去。他说,不好意思再让父亲催促了。

带点酒回来,那几人喜欢喝酒,酒杯一端,政策放宽,你是知道的。父亲说。他当然知道。局里很多费用,都是靠喝酒喝来的。他带了两瓶茅台回去。父亲一见,说要不得,你一个局长,工资不高,给他们喝这么昂贵的酒,传出去会说你腐败。

父亲说得很在理,可他除了茅台,没带其他的酒。怎么办?

叫你弟弟到村小卖部买几瓶最好的酒就行了。父亲说。

最好的多少钱一瓶?他问。

二十元左右,村长平常喝的都是散酒。父亲说。

散酒是农村自产的小灶酒,用大酒缸装着零卖。酿造时都加了酒精粉的,那样容易出酒。酿酒,一般是三斤粮食出一斤酒,加了酒精粉后,一斤粮食可出三斤酒。散酒喝起来杀喉,也容易上头。但价格便宜,几元钱一斤。

行,他递给父亲一百元钱。

局长亲自请客,村长很高兴。嘴上却说,这么点小事,何必劳你大驾哟!哪里,我们家长期得到你们关照,我呢,又很少回来,请你们吃个饭是应该的。他笑着说。心里却异常恼火,心想,你村干部算个啥!要是在局里,哪个敢这样对我,早就对他不客气了。但他知道,县官不如现管,村干部虽小,但在村里却一手遮天,山高皇帝远,有时连法律对他们都无可奈何。所以,千万不能把他们不当干部。

村干部见上的是小卖部最贵的瓶装酒,喜滋滋的。顾不上吃菜,就连干了三杯。热菜还没上桌,三瓶酒就没了。村干部一共三人,主任、副主任和文书。加上他,才四人,平均每人都七两以上了。但他喝得少,主要是嫌酒太差,喝起来杀喉,每一次都是浅尝辄止。

狗日的,真能喝!他在心里说道。又喝了几杯,他对村长说,我父亲坟地的事儿,就拜托你了!没问题,随时都行!村长说完,颈子一抬,自个儿滋溜又是一杯下了肚。

很快,桌上的酒就喝完了。他叫父亲拿酒过来。父亲把他拉到一边,悄悄说,没酒了。买了几瓶?五瓶。再去买。他说。

来不及啊,来回要半个多小时,总不能叫他们等买回来再喝呀!父亲说。他叹了口气,说,拿茅台!事已至此,他顾不得那么多了。

要是他们知道先没拿,会说我们舍不得,弄不好会适得其反。父亲一脸担忧。他想了想,问父亲,家里有塑料瓶吗,装饮料那种?

有。父亲说。快拿来。说完,他对村长谎称上厕所,把车上的茅台拿了下来,倒进了父亲找来的塑料瓶中。这是我专门到酒厂买的,口感还不错,请大家尝尝。他说完,给每个人倒了一杯。

村长一听,停止了说话,看了一下塑料瓶,又看了他一眼,半信半疑地喝了一小口。口感如何?他问。很好,很好。村长说,脸上的笑容却不翼而飞。

那我们一起干一杯,我先干为敬。说完,他就把一杯喝了。毕竟是茅台,喝惯了的,顺口。村干部们却没有干,照样只喝了一小口,说,慢慢喝,慢慢喝。说完,就只顾嘴里塞菜,相互也不再劝酒。屋子里一下安静了下来。

他又给自己倒上一杯,站起来,说,我陪大家一起把这杯酒干了!村干部也跟着站起来,闭上眼,把杯中剩下的酒干了。脸如同揉皱的水泥袋子,表情像上刑场一样。

再来！他说。村长见状,慌忙摇手,说,不啦,不啦! 下午还有事。说完,就起身要离开。结果,一塑料瓶酒一半也没喝完。剩下的你就自己喝吧。他对父亲说。

他一直以为,批地的事应该没问题了。不料几天后,父亲来电话却说事黄了。他问为啥? 父亲说,都怪你! 村长说你拿散酒给他们喝,小看人。还说那散酒味道像潲水,喝着都想吐。你要害得我死无葬身之地啊!

他听了,半天没回过神来。

应急公厕

欧阳明

省委组织老干部到基层调研。乌市领导担心老干部在途经辖区时,中途尿急,决定在途中建一处厕所,并安排市委秘书长牵头落实。

秘书长召集十多位局长和专家冥思苦想,反复研究,终于确定了选址的办法。当天下午,就带了老耿,按以往接待上级领导的车速,沿老干部即将途经的路线前行。老耿是本市退居二线的老同志。

想上厕所了,您老一定要说。出发前,秘书长反复交待。

老耿点了点头。

一定要说,不能憋着啊,那样对身体不好。

老耿又点了点头。

途中,秘书长不时提醒老耿要不要上厕所,问了很多次,都说不用。

想上了千万要说啊!

老耿还是点头,一言不发。

停车!到 A 县和 B 县交界处的时候,老耿突然叫道。

小车戛然而止。

想上厕所了?

老耿点了点头。

秘书长喜出望外,赶忙陪老耿下车。

四周一片耕地,没有住户,也不见厕所。老耿憋得脸红筋胀的。

到树后面解决吧,我们帮你放哨。秘书长语气生硬起来。

接着,秘书长叫来了 B 县书记和县长,在老耿尿尿的地方,下达了修建厕所的任务,要求必须在一天之内完成。

B 县立即召开常委会议,成立了公厕建修领导小组,由县长任组长,分管国土、城建的副书记和分管文卫的副县长任副组长,县委办、政府办、财政局、交通局、国土局、建设局、卫生局等相关单位的主要负责人和所在乡镇党委书记为成员。由建设局负责工程设计,财政局负责资金拨付,当地镇政府负责工程实施,卫生部门负责卫生监督,其余部门全力配合。

工程进展神速,仅半天时间,厕所就建好了。当上书两个朱红大字——"公厕"的牌子挂定后,镇党委书记立即向副县长作了汇报。

副县长对进度和质量非常满意,但对公厕二字提出了意见:厕所虽横跨两县,但是我们修建,应该把我们的功劳表现出来。还有,公厕二字容易产生误会,以为只有男人方可入内,我看就叫 B 县公共厕所吧!

修改完毕,副县长就向副书记作了汇报。

副书记一见牌子,就直摇脑袋。说,前来的老干部中,有国土部门做过领导的,此地属基本农田,怕要挨批评,必须说明是非耕地才行啊!

于是就改成了"B 县非耕地公共厕所"。副书记看了,很满意,立即请县长前来视察。

县长看后,眉头紧锁,说,也占了点林地啊,耕地不能占,林地就能占吗?

对对对!还是县长考虑周全!大家异口同声地说。

于是,又改成了"B 县非耕地非林地公共厕所"。

县委书记闻讯厕所完工,火速赶来。一看到牌子,顿时火冒三丈。说,不打自招!又长又臭!你不说,谁知道是耕地还是林地?!马上把"非耕地非林地"几个字给我去掉!

很快,秘书长前来督查。一看到牌子,就暴跳如雷,吼道:见过有厕所冠地名的吗?瞎胡闹!

您看取啥名儿好?县委书记小心翼翼地问。秘书长可是市委常委,惹不起啊!

公厕!秘书长狠狠地说。

马上改!县委书记回头对身边的随从吼道。

次日,一排如花似玉的美女,手拿洁白的毛巾,一脸灿烂的微笑,和 B 县要员一起,站在公厕的前面,恭候着老干部的到来。

终于看到车队了。要员们急忙整理衣衫。但当他们挂上微笑抬起头来时,车队已从面前过去了。

要员们一脸失望。

县委书记电话问秘书长,怎么回事啊?

回答说不知道。

县委书记大为光火，指着公厕对身边的人吼道，马上撤掉！

多年以后，据知情人透露，县委书记才知道老干部们没下来尿尿的原因。原来，虽然老干部很多都和老耿一样，患有前列腺炎，但为了不增加基层负担，都用上"尿不湿"了。

速配时代

朱耀华

　　公交车开动了,这时,何首乌突然发觉自己犯了一个错误:忘了带手机。

　　要在平时,可能这个错误还不算太大,但那天不是平时,那天是何首乌和桑叶约会的日子。一周前,何首乌和桑叶都参加了妇联组织的一个叫做"白领情缘"的活动,参加活动的都是大龄青年。在那次活动中,何首乌主动出击,大展才情,终于如愿和桑叶"速配"成功。于是,他们互相留下了联系电话。何首乌十分珍惜这来之不易的缘分,两天前,他打电话给桑叶,请求和她共度周末。桑叶表现了约半分钟的矜持(这让何首乌感觉更加良好),愉快地答应了。

　　没有了手机,何首乌变得有点六神无主,整个人仿佛处于一种飘忽状态。天气并不太热,他头上却冒出密密麻麻的汗珠。但是,他没法让公共汽车停下来。再说,时间也不允许他再走回头路了。第一次约会,绝对不能迟到。

　　九点五十,提前十分钟,何首乌到了体育广场,那是他和桑叶约定的地点。问题是,何首乌没有和桑叶约定具体位置,只说到了再联系。广场太大了,人头攒动,而且,还散落着大片高低错落的房舍和花木茂盛的绿化带,要搜寻一个人显然是一件困难的事情。何首乌只好睁大眼睛,努力扫视着来来往往的人群。

　　很快,何首乌发现自己是徒劳。别说一双眼睛,十双都不够用。汗水顺着何首乌的额头流下来,流进他的脖颈里,像很多蚂蚁在爬。何首乌掏出纸巾,刚擦完,汗水就又冒出来了。他从来没有发现自己有这么丰富的"水资源",好像在故意嘲笑他似的。

　　不行,得给她打电话。何首乌想。他急得心里冒出火来,四下里看看,却没有看到公用电话亭。他去问一个水果铺,水果铺的老板脸上似笑非笑:"什么时代了?捡垃圾的都拎着手机哩。现在谁还打公用电话呀?"

"我手机忘了带出来。"他一副可怜兮兮的样子,用几乎带着乞求的声音说,"能不能借用一下你的手机?"说完,他又匆忙加一句:"我买两斤苹果。"

老板摊开手:"我的手机没电了。"

他失望地回过头去,以急行军的速度在广场里转了一圈,没有看到桑叶。他在心里咬牙切齿地骂着自己,你这个王八蛋啊,你这个窝囊废啊。他恨不得掴自己两个耳光。他看到广场北边有一个酒店,他想,酒店里面肯定有电话。于是,他向酒店跑去。到服务台,他对服务员说:"能不能帮我打一下电话?"

服务员盈盈含笑,答:"可以,几号房?"

"打外线,市话。"

"对不起,我们的电话只能打内线。"服务员说。

他沮丧地走出了酒店。看来,只能鼓足勇气再向别人借手机了。

他走到一个戴着旅行帽的男人面前,谦恭地向他弯了一下腰,说:"先生,对不起,可以帮我个忙吗?我手机忘了带,能不能向您借用一下?"他语速很快,急急地向他解释着。

男人手里握着一款漂亮的手机,目光灼灼地打量了他一眼,对他说:"对不起,哥们儿,手机是我老婆,不能外借。"

碰了这么一个大钉子,他好不尴尬。但是,没有什么比他心中的爱情更重要了。于是,怔了片刻,他又转身走到一个中年女人面前。他刚开口,女人便警惕地白了他一眼,把挂在肩上的包挪在胸前,目光越过他的头顶,投向远处。

迟疑了一下,他决定再试一次,这次如果还不行,他就打消打电话的念头。他走到一个女孩面前。还好,运气不错,这是一个善良的女孩。听了他的表白,女孩只稍稍迟疑了一下,就把手机给了他。他接过手机,连声说:"谢谢!谢谢!"

女孩说:"别谢了,快打吧。"

他的手指摁在手机键上,又一次怔住了。他的脑袋里是一片空白,怎么也想不起那串简单的阿拉伯数字来。他懊丧地捶了一下自己的头,眼泪都差点落下来了。他把手机还给女孩,说:"我……忘了她的号码。"

女孩挑着好看的柳叶眉,不解地望着他,说:"再想想,不用急。"

他苦笑着，摇摇头。

拿回手机，女孩揶揄了一句："你应该吃点脑白金。"

他机械地答道："一定吃，一定吃。"

看他傻乎乎的样子，女孩抿嘴一笑。

他睁大眼睛，继续在广场搜寻。两个多小时过去了，终于，他认定没有希望了，只好垂头丧气地打道回府。回到房间，他在第一时间抓起手机，果然，上面有十个未接电话，全是桑叶的。他急忙拨过去，对方已经关机。

那以后，何首乌再也没有联系上桑叶。

如今，两年过去了，何首乌依旧孑然一身。何首乌在给我讲述这段往事的时候，手里握着手机，不时神经质地看上一眼，好像生怕漏掉了什么。他告诉我，他已经对手机产生了高度依赖，一秒钟也离不开它了。他还告诉我，他特别向往农耕时代，那时候的人活得简单，活得纯粹，那时候的爱情，才是真正的爱情啊！

一只猫的求职经历

刘万里

　　我的父母都是乡下一位农民的宠物,我出生自然低微。从小父母就教我要学会坚强,长大后要做人上人。

　　那年,我考上了动物大学,父母都为我高兴。离开父母的那一天,我们抱头痛哭,其实我们是高兴而哭,因为我的前途充满了阳光。

　　转眼间,我大学毕业了,但我又不想回乡下发展,就打算在城里干我的事业。

　　我在报上看到一家著名的企业的招聘广告,他们要招几位捕鼠专家,月薪五千元,我心动了,就按报上的地址找了过去。

　　接待我的是一位漂亮的小姐,她说:"把你的毕业证让我看看。"

　　我毕恭毕敬地把毕业证递了上去。

　　小姐翻了一下毕业证,然后扔在一边说:"对不起,你的学历不符合我们的要求,我们需要研究生以上的学历,而你的学历才是大专。"

　　我急了,说:"我虽是大专,但学的是捕鼠专业,我从小就会捕鼠,捕鼠是我的专长。"

　　"对不起,下一个。"小姐推开我说。

　　几天后,招聘结果张榜公布了,狗、兔、牛榜上有名,因为他们是研究生学历,其中牛还是位海归的博士。

　　我气愤地走了。

　　我相信我的能力,我一定会找到一份称心如意的工作。

　　在网上,我看到一则招聘启事,工资虽低,唯能力不唯学历这句话打动了我。我把资料传了过去,很快我得到回复,明天面试。

　　第二天,我精心打扮一番就朝用人单位走去。这次面试我的是老板,老板说他经营的一家商厦老鼠特别多,它们经常咬坏商品偷吃食物,所以需要一名保安。我把我的优点说出来,老板当场拍板通知我明天上班。

我先了解商厦的整体情况,然后制订了一套捕鼠计划。白天我睡觉,晚上我上班,在老鼠经常出没的地方我设了诱饵和机关,头一天我就抓捕了二十只大老鼠。老板高兴地表扬了我,并赏给我几条鱼吃。我捕鼠的积极性顿时提高,一天不抓鼠我浑身就发痒。我跟老鼠之间似有不共戴天之仇,每天我都要击毙几十只老鼠。老鼠们如惊弓之鸟,闻风丧胆,纷纷逃窜。

一个月后,老鼠全被我消灭了。

我依然巡逻,但风平浪静,再也没发现一只老鼠。没有了老鼠,我心里好像失落了什么。

不久,老板把我叫到办公室,他说:"你对工作尽职尽责,有目共睹,在此我向你表示感谢。"

我说:"谢谢老板的关心,今后我会更加努力的。"

老板笑了笑,有点不自然地说:"谢谢你对本公司做出的贡献,但公司从来不养闲人,从明天开始,你就不用来上班了。"

工作的努力,却换来了失业,这是个什么世道? 我想不通,我简直有点痛不欲生。

为了排解内心的孤独,我在街上闲逛。我遇见了大学时的同学老猫,老猫开着豪华的小车,一身名牌,腰上别着一个大哥大,一看就是一个大老板。我内心里不由得感叹,今非昔比。我把内心苦恼对他诉说了出来,老猫笑着说:"怪你自己不会办事,你干吗要把老鼠全部消灭呢? 你一天消灭一只,睁一只眼闭一只眼,这样你天天都很忙,有干不完的事,这样老板就会欣赏你,他就会知道你的价值……"我恍然大悟。

后来,我又找了一分保安的工作,主要任务是捕鼠。

经过我调查,这座工厂共有八十只老鼠,如果按照以前我捕鼠的速度,几天我就可以把它们全部消灭,但我吸取了上次的经验教训,我一天抓一只,甚至好几天才抓一只,有时老鼠在我面前大摇大摆,我也装着没看见。如果抓到母老鼠,我就把它放了,并且威胁道:"限你一个月给我生十只小老鼠,如果不生,下次被我抓到,我就对你不客气。"那些母老鼠便疯狂地生小老鼠。

我把抓到的老鼠一只一只摆在老板面前,老板乐得笑逐颜开。

年底,老板在大会上表扬了我,我被评为"先进个人"、"捕鼠能手"等称号。老板要我在大会上发言,我站起来挥舞着拳头说:"百尺竿头更进一步,争取明年取得更大的成绩,让那些贼眉鼠眼的老鼠,闻风丧胆,胆小如鼠……"

台下响起了雷鸣般的掌声。

蒙面人

刘万里

路过梦城，我决定去看看老同学。老同学是梦城医院的院长。

当然，我去看老同学是受朋友委托，朋友女儿今年就要从医学院毕业了，想去医院工作，想让我问问情况。

事先我没跟老同学联系，我直接去了梦城医院。

"我在医院门口。"到了医院我给老同学打电话。

"你在门口等着，我一会就出来接你。"老同学说。

等了好半天，都没见老同学出来。我东张西望时，一个人拍了一下我的肩，我吓了一跳，那人戴着黑口罩和墨镜，像个蒙面人。我说："你是？"

那人哈哈笑了："我就是你老同学啊！"

我说："你化装了？我怎么认不出来你了？"

老同学四周看了看，说："到我办公室去说。"

医院正在修门诊大楼，老同学带我绕过西边的临时门诊，那是一排排老式平房，穿过来绕过去，就像走迷宫。绕到后边，一座气派的住院大楼矗立在我眼前。

老同学说："等我们的门诊大楼修起时，你再来，我们医院的环境、硬件在全国都是超一流的。"

我点着头说："不错啊。"

老同学突然拽住我，把我拖到一边，说："别从住院大楼下边走。"

我抬头望了望摩天大楼，没看出什么异样，我用疑惑的眼光望着老同学："为什么？"

老同学说："这里经常有患者跳楼，发生了多起跳楼者砸死行人的事，前几天，一个护士就是被突然从天而降的大活人砸死的……"

我说:"他们为啥跳楼?"

老同学说:"这事复杂,几句话说不清楚,回头给你慢慢说。"

我跟着老同学从后门来到大厅,然后坐电梯来到二十八楼。在过道我看见几个医生和护士,他们都戴着警察一样的头盔,有的还穿着防弹背心,我奇怪地问:"他们干吗穿这些?"

老同学说:"医院经常发生医闹,病人家属常常带一帮社会闲人,冲进医院大吵大闹,有时不免发生肢体冲突,戴着头盔,穿着防弹背心,这样医生才有安全感。"

老同学来到自己办公室门前,他掏钥匙开门,我看见他门上挂的牌子是"后勤处"。我疑惑的眼光望着老同学:"你不是院长吗?"老同学说,"我是院长不错,你想想,如果我门上挂着'院长办公室',不把我忙死累死才怪,不说别的,光医疗纠纷,病人家属就会整天坐在我办公室,我还能办公吗?"

我说:"也是。"

老同学的办公室非常宽大,是个套间,里面啥都有。老同学把空调打开,哈哈一笑说,"你看这像'后勤处'的办公室吗?"

我也哈哈一笑:"像总统办公室。"

老同学坐下后,把口罩和宽大的墨镜取了下来,我没想到的是他脸上的胡子也是假的。

"你化装干吗?"

"我是演员,我怕人认出来啊。"老同学故意这样说。

"我明白了,你现在是名人,你穿马甲,是因为你的粉丝太多,怕他们认出来了。"

老同学哈哈笑了。

我拿起桌上的报纸,《一个贪官落马的故事》引起了我的注意,一个包工头为包工程给某单位头行贿二百万,才把工程拿了下来。我站起来,看了看对面正在修建的门诊大楼,我故意说:"这么大的工程,没有三百万的回扣,估计包不下来。"

老同学脸色变了:"你有证据?"

我说:"随便说说。"

老同学说:"这种玩笑是随便可以开得吗?"

我立马递上烟,转移话题说,"医院那么多跳楼者,为何不装上防护网?我有个朋友,专门做防护网,包你满意。"我弟弟就是专门做防护网生意的,如果我能包下来,我也能拿回扣。

老同学接过我的烟看了看说:"还是抽我的吧,洋烟,一个老板送的。"

接过老同学的烟,我点燃深吸一口:"不错。"

老同学说:"防护网的事,我也在考虑……"

这时一个漂亮的女秘书敲门进来,说:"院长,大家都在会议室等你。"

老同学拍了拍头说:"看我这记性,差点都忘了。你先在这等我,等开完会我请你吃饭,然后去夜半乐洗浴中心给你找点乐子。"

老同学走后,我坐在他宽大办公桌上玩游戏。

突然有人敲门,我一惊,最后鼓起勇气说:"请进!"

那人进门抓住我的手说:"你好!你好!"

那人也戴着口罩和墨镜,像个蒙面人,我说:"你是?"

那人取下口罩和墨镜说:"我就是林老板啊。"

我故意想了半天:"哦,哦……"

那人把麻袋朝墙角一放,说:"没啥东西,我带了点土特产。我的事还请你多关照。"

那人说完就走了。

一会儿,又有人敲门。

门被推开了,冲进一伙人。其中一个人直奔我来,抓住我的衣领说:"今天看你朝哪跑?"

我说:"我不是院长……"

一个人说:"别以为挂着'后勤处'的牌子,我们就不知道你是院长。"

又一个人打了我一拳,说:"我老婆死了,明显是医疗事故,但你们有后台,我们告不倒你们,今天不给钱,你休想走出门。"

我说:"我不是院长……"

那人又是一拳:"你签不签字?再不签,我打死你。"

有人开始砸东西。

我说:"我签。"

那伙人兴高采烈地走了。

我锁上门,再有人敲门我说啥也不开了。

我目光落到墙角麻袋上,我突然想看看里面装的是啥土特产。

打开后,我吓了一大跳,里面全是一码一码的人民币。

我戴上口罩和墨镜,像个蒙面人,我提着麻袋悄悄走了。

防腐镜

孙 凯

　　靠山县县政府办公大楼里有面镜子,不管大小干部经过那里都要用它照一照自己。

　　这天上午,靠山县在县政府会议室里召开县乡两级干部大会。会议中间休息时,县长王大余和在座的干部们开玩笑说:"同志们,你们都看到我们县政府里的那面镜子了吧,它可不是一面普通的镜子,而是一面魔镜,不信你们一个一个地去照一照,准会照出问题来。"

　　于是,与会的干部们都怀着一颗好奇的心,一个接一个排着长队照起镜子来,可就在小河镇的张镇长经过镜子前面的时候,突然晕倒了。本来是个玩笑,可这一晕倒却差点闹出人命来。人们赶紧打电话叫县里120急救车,会也开不成了。王县长急忙赶到县医院组织医护人员进行抢救。

　　不过事情也真蹊跷,就在张镇长病好出院的时候,却被检察院的检察官戴上手铐带走了,因为他贪污镇里的扶贫款被人举报了。这下全县人民都认为县政府的那面镜子的确是面魔镜,心中有鬼的人更是怕得要命。可是人们越害怕,县里的会议开得越频繁。这下不得了,一年不到,全县就有四名镇干部和一名副县长栽倒在县政府的魔镜前。

　　此事传到市里的一位主要领导耳朵里后,他急忙打电话向王县长核实。王县长接到电话说:"事儿,倒是有这回事儿,不过不像人们传得那么玄乎。"市领导说:"不管怎样,只要是真的就行,我马上召集市常委会议,看能不能让全市的大小领导干部都去照照镜子? 你们县政府先准备准备吧。"

　　王县长放下电话后就去准备接待工作。第一批接待的是市里的领导干部,呼啦啦来了近千人。这下王县长可忙坏了,又是吃又是住的光招待费就用掉了好几万。第二批是兄弟县城的,有四五百人,王县长现在光忙着接待照镜子的事情,什么工作也开展不了。可等到第三批人来照镜子时,王县长自己却莫名其妙地晕倒在镜子前,嘴里还不停地说:"黑洞、黑洞……"

人们都感到事情很古怪,莫非王县长自身也有问题?各种猜测不断传出。为此,市里专门成立了专案组,对王县长本人进行全方位立体调查。

可查来查去什么也没查出个子丑寅卯来。这时,王县长也康复出院了。私下里就有人问他:"你身上没有问题,怎么会发生这等事?"王县长说:"我身上有问题,你想想,全市有多少县镇,又有多少个大小的干部,他们一拨一拨地都来照镜子,吃,住,陪,得花多少钱财和时间啊?这还不算,如果临市和全省的干部们都来照镜子,将会给我们县财政带来多大的损失和浪费。人们不是说'贪污和浪费是极大的犯罪'吗?"

人们听后想想也是,怪不得王县长在晕倒时候嘴里不停地说"黑洞、黑洞"的。现在魔镜也不是一般的镜子了,而是一个实实在在的大黑洞了。

可市里的领导听说王县长病好了,又要安排人来照镜子。王县长一听可吓坏了,赶忙回话说:"我们县政府的镜子被人不小心给碰坏了。"

"碰坏了,不可能吧?是不是有坏人故意在捣乱?你们要抽调你们县最好的警力,争取早日查出个水落石出来,好把坏人绳之以法。"

王县长说:"好,好,我们一定照上级的指示办。"放下电话他心说:你们千万可不要再来照镜子了,否则,我将成为靠山县的千古罪人了。

刷鞋人的绝招

曾 颖

  郊区开往市区的无人售票公交车上，车门开了，一大群赶着上班的人和挑着担子背着包袱的外地小商贩蜂拥着挤上车来，投币声和刷卡声滴滴答答响成一片。喇叭里，电子女人字正腔圆但全无感情色彩地念叨着："本车为无人售票车，请自觉刷卡或投币……"

  该上的上完了，关车门，司机冲一个小个子乡下人喊："请自觉投币！"

  小个子理了理肩上挎的小木箱，把手中的木凳往地上一放，坐下，很反感地盯了一眼司机，想说什么，但忍住了。从他衣服上闪闪发光的黑色油痕和他随身携带的板凳和木箱看得出，他是一个刷鞋人。

  司机并没因他的反感而放过他，嘴里又说了一声："大家没有投币刷卡的，请投币刷卡。"

  嘴里说是大家，眼睛只盯着刷鞋人。刷鞋人有些不自在了，他扬起头对司机说："我投了的。"

  "投了怎么没听见响呢？"

  "是纸币！"

  "哼，纸币，你们这些乡下人……"

  司机冷笑着摇摇头，开始发动车子，准备出发。

  这时，出乎他预料的一幕出现了。那个看起来一巴掌打不出三个屁的小个子乡下男人突然跳起来说："乡下人怎么了？乡下人就该被你怀疑？乡下人给钱坐车还要看你的白眼？"

  司机出乎预料地遭到反击，有点懵了，他把车熄了火，扯下手套，回过头来准备认真地和刷鞋人吵一架。他说："乡下人怎么了？乡下人了不起？乡下人坐车可以不给钱。你看你们那伙人，上七八个人，投一两个硬币，还有五毛甚至一毛的。我还冤枉了你们不成？"

刷鞋夫说："别人买不买票我不知道，我投了币买了票，你就不能冤枉我！"

车上赶着上班的人们开始鼓噪，司机觉得吵下去没意思，就转身准备继续开车，嘴里却有些不甘地说："你投没投，只有天知道了！"

说罢，戴上手套，吹起口哨，准备开车。他的表情激怒了刷鞋人，刷鞋人蹭地钻到驾驶台前，一把抢下车钥匙，大叫着："天知道，今天就要让天不知道，把钱箱打开，验钱！"

司机仿佛是遭到小鸡突然袭击的老鹰，一下子没回过神儿来。待他反应过来之后，马上恢复了鹰的本色，从工具箱中取出一把铁扳手说："钥匙拿来！要不，老子把你当抢劫犯给收拾了。"

刷鞋人两眼血红地瞪着他说："你今天就是打死我，也要把这事搞清楚！"

车上的人们来劝架。有劝司机忍口气把扳手放下的，有劝刷鞋人想开些把钥匙交出来的。更多的人，则是因为上班快迟到了，焦急地跺着脚说："算了，我再投一元钱，求求你们，开车了吧！"

刷鞋匠梗着脖子说："今天一定要开箱，看看我到底投钱没有？"

不一会儿，110来了，警察对刷鞋人说："就算你买了票的，别闹了，行不？"

刷鞋人梗着脖子说："不行！得开箱！"

司机扳手握得紧紧的，但当着警察的面又不敢有所作为。急着上班的人都坐别的车去了，只剩几个不太急的人在车上看热闹。

警察没办法，就对司机说："你就把钱箱打开吧！遇上这犟人了，你还真没办法。"

司机说："钱箱贴了封条的，只有公司的财务人员能打开。"

警察给公司打了电话，半小时过后，公司一个经理和财务人员赶来了。经理说："这不是瞎胡闹吗？这么一箱钱，你就能认出你那一块？"

刷鞋匠从口袋里扯出一个牛皮纸做的钱包，里面整整齐齐地排着几张一元面额的钞票。他说："你查，里面保准有一张钱像这些钱一样，左上角有一小块黑胶布。"

经理从钱箱里果然找出了一张左上角贴着一小块黑胶布的钱，说："对，是有这么一块。好了，我宣布你是投了币的。"

刷鞋匠梗着脖子一下子软了,他得意地冲司机一扬头说:"听着,是……投……了……的!"声音中竟带有几分哽咽。

车继续开。我蹭到刷鞋匠旁边坐下,问他:"你咋想出这招的。"刷鞋匠说:"如果你遭怀疑和挨白眼的次数和我一样多的话,你也会想出来的。"

"你这可是毁损人民币啊! 是违法行为!"

"不碍事,能抠掉,一抠就掉!"

刷鞋人一面说着,一面很认真地抠下一块,给我做示范。

这时,下一站到了,又一大群人涌了上来。司机想说几句什么,喉头动了几下,但终于什么也没说出来。

我的不环保生活

曾 颖

主席、评委和会场保安：

你们好！

请原谅我不请自来到台上发表对"环保"的看法。按理说，像我这样来自贫困山区的学生是没有资格和兴趣来参加这个以环保为主题的演讲比赛的，这就如同一个乞丐不能也不愿意和一群阔佬坐在一起讨论鱼翅和燕窝的做法和吃法一样。

我之所以来会场，主要是冲着各位手中的易拉罐和矿泉水瓶子。粗略算了一下，今天到会差不多有一千人吧。如果人手一瓶的话，易拉罐一毛，矿泉水瓶五分一个，也应该有几十元钱吧？如果都归我的话，那我未来一个星期的伙食费应该有着落了。

请大家安静一下。保安先生请你也不要红脸，容我把话说完，因为关于环保我也有几句话要说。本来我不打算说的，但刚才演讲的前几位同学分析造成当前环保危机的根源是因为农民的思想太落后、太愚昧这个观点，我非常不赞同。因此，我必须上来说上两句。

坦率地说，我能够磕磕绊绊读上大学，并且至今都没有退学的原因，主要得益于我父亲的破坏环保行为。

请不要惊奇，评委老师请你把张大的嘴巴合上，保安请你把棍子收起来，容我讲下去，五分钟，就五分钟！

我家田少，每年地里产出的东西，除了缴各种费用之外，就只剩下把肚子混得半圆的粮食了。如果年景差点儿，半圆还要打点儿折扣。父亲为了多挣点儿钱，可谓是想尽了办法。上山下河，打鸟捉鱼，砍柴摘菇，什么都干过。

我家屋背后小溪里生长着的成群的梭边鱼，在我读小学的时候被父亲捉完了，全卖进城里换回钱来缴了学费。

我读初中的时候，我家后面那片小树林便遭了殃，父亲一棵棵地将树砍掉卖进城里抵换回钱来，也缴了学费。他说国家规定他有义务必须这么做。

读高中时，家里已没什么好卖的了，父亲就打起了院里那株老银杏树的主意。那棵树是父亲的父亲的父亲种下的，有一百多年历史，林业部门还专门挂了牌，说是受保护的树。父亲和我对它都有很深的感情，我家的小院因为有那棵树才优美如画。但没办法的是，优美不能当饭吃更不能当学费用。因此，父亲下了狠心，说等咱娃考了大学，咱再栽！

起重机来了，把树吊走，在院中，留下一个巨大的坑。买树的是一家经营老树的大公司，专门到乡下收购城里已砍得没有影儿的老树，卖给急需老树去充绿化门面的城市，从中赚大把的钱。他们很有实力，因此，有关部门也没来找过什么麻烦。

后来，我考上大学，就在我爹为学费伤脑筋并打算把祖屋卖掉的时候，外面传来了两个天大的喜讯。一个是城里人开始喜欢用根雕来装饰新居，这让父亲想起当年砍掉的那片小树林的剩余价值，而在父亲挖树根的时候竟在我家的后山坡上发现了煤。村里首富牛娃决定投资，大家都有份入伙。我父亲终于可以找到一个可以卖力气的地方了，此前他进城打过工，因为文化水平太低且年纪太大，最终没有成功。

在我讲这句话的时候，他老人家也许正赤着膊在地下几十米或更深的地方很不环保地挖着煤。那地方既肮脏又危险，而且随时面临取缔。我现在所用的每一分钱，都沾着他手上的煤灰和汗（幸好还没有血）。我现在唯一能做的，便是乞求老天爷让时间过快一点儿，让我早点儿再早一点儿完成学业，让我在父亲遭遇矿难之前，将他从那里拯救出来。

我想对大家说的是，贫穷不是大家不注重环保的理由。但贫穷如果不得到治理甚至根除，那环保只能是镜花水月、海市蜃楼。不是农民愚昧得不懂享受新鲜的空气和干净的水，还有美丽的风景，而是他们中的很多人还暂时没有那个能力和心态去关注那些东西。而对他们简单粗暴的指责是无用的。

我就说这些，感谢主席、评委和保安先生让我把话说完。如果大家在离开时将手中的易拉罐和矿泉水瓶放在桌上的话，就更感谢了！

青丝

曾　颖

　　青芝有红水沟女人们都羡慕的一头好头发,既黑又粗,而且很亮。像电视里那些用过护发产品后的女明星那样,梳子插在上面,就会自然地滑落到底,根本不用什么特技镜头。但遗憾的是,与这一头好头发相伴的,却是一张姿容平平的脸,黄而粗糙、且常有些不知名小痘困扰的脸,小小的眼睛、大大的鼻子加一口四环素牙,严格要求起来还有点儿丑,属于"远看一朵花,近看就喊妈"那种类型。是故,青芝最在意、最爱惜的就是她的头发。从小学五年级她就有了朦胧的性别意识开始,直到十五年后她跟着同乡的姐妹们进城打工,她都留着那一头长发,那是老天爷和父母赐给她的唯一一件令她满意的东西。

　　她在城里求了很多回职,但成功的次数并不多。即使偶尔成功了,干的时间也不长。她知道,之所以如此,绝不是因为自己笨,而是因为自己的长相。听电视里讲,现在都进入"美女经济"时代了,连很多女大学生都要整容之后才敢去求职。对此,她忧伤了许久,也郁闷了许久,总觉得这个世界让她有些搞不懂。她想:脸皮子长得好看固然好,但脸皮子总不能做事啊!扫地、抹灰、煮饭,这些事主要还是要靠手来做。这就像咱农村里讲的,漂亮媳妇大都做不好家务。她的同乡喜旺就娶了这样一个媳妇,结果连饭都不会煮,真是中看不中用!

　　尽管她的想法有她的道理,但社会上却不认她这个理,她依然很困难地寻找着工作,依然很失望,直至她口袋里剩下的钱已不足在小旅店里搭个铺时,她才有些慌了,四处打电话求救。同村的小兄弟和小姐妹都只是小打工仔,自然只有安慰她几句作罢,白白浪费几元电话费而已。

　　当她走出电话亭时,看到一个光头男人正盯着她的头发看。她估计肯定又是专门为假发厂收头发的头发贩子,没好气地盯他一眼,转身就走。

那男人叫住她说:姑娘,我听你讲急着找工作,火锅店的活儿你干不干?包吃住,一个月六百元。

这话让她没法不站住,听那男的继续讲下去。

那男的说他是一家火锅店的伙计,正急着替老板物色一个新人,觉得她挺合适的。

这是进城几个月以来青芝听到的第一句"合适",她感动得眼泪都快下来了。

她问:火锅店要做什么呢?

很简单,端端盘子、送送菜什么的。

还有什么要求?

没什么太大的要求,只是发型有点儿要求,都要和我们一样。

青芝看看他泛着青光的脑袋,倒抽了一口凉气。换往日,她一定扭头就走,甚至对着他的脸吐一口唾沫都有可能。但今天却做不出来,只是很低声地问:火锅……剃头干什么?

现在这行竞争很激烈,没有特色,竞争就吃亏。我们老板特地想出这招,清一色光头,好记,比打什么广告都强,省下钱来,还不是多给大家发几个,你去问问,别的火锅店跑堂的能拿六百元?

青芝知道,他说这话不假。但她不知道的是光头男人此刻想找人的心情和她想工作的心情一样焦急。因为火锅店明天开张,男店员一个个都剃了秃瓢,女店员却一个都没有动,老板令他到劳务市场去找个人回来作示范,他跑了半天都没成。打这里路过,听青芝打电话表露出找工作的急切心情,于是决定试试。

青芝抚摸着头发,有些犹豫。

男人说:这一头长发,长得也不容易,可它不能当饭吃哇。要不,我向老板说说,给你每月多加五十元,作为形象宣传费。

青芝咬着嘴唇想了半天,终于点头。

当天下午,在"光光"火锅店里举行了一场剃头仪式。青芝端坐在大堂中央,穿着红色工作服的男女员工们分列两旁。老板虽然对青芝的相貌和五十元形象宣传费有些不太满意,但想着即将开业的生意以及其他女员工陆续动摇的剪发意志,也就笑容满面了。

围着白大褂的青芝暗暗对自己的头发说:有这样的场面为你送葬,也值了!

第二天,报上登出了青芝披着授带,光头站在火锅店门口的照片,她脸上挂着的笑意,让人不努力还真看不出眼中那一星点儿的泪光呢。

等着你来开车门

文 立

他在局里还是秘书时,因为工作关系,经常会随着郑局长下乡。郑局长是个随和的人,没有官架子,对他一直小马小马地叫。该干什么不该干什么,郑局长会指点他,使唤他。他呢,在工作中也注意每一个细节,试图做个有眼色的人。

比方说,到了目的地,他会反应很快地抢先下车,小跑着去给郑局长开车门。

可是,对于他的这般殷勤,郑局长不仅不欣赏,还总是生气地批评他说,我又不是七老八十的人,手还能动;我更不是封建官僚,不用人侍候的!

如此以后,他就不敢再给郑局长开车门了。

偏偏,郑局长调走了,来了一位牛局长。牛局长一上任,牛气劲儿就显出来了,不仅花费十几万把办公室装修了一番,还买了一辆三十多万的新车。

他第一次坐局里的新车,陪着牛局长下乡。到了目的地,车停在下级单位的门口。他和司机下了车,活动着腰,刚要往里走,却发现牛局长在车里没出来呢。欸,怎么啦? 向车里望去,虽模糊,也能看明白的。只见局长窝在里面眯着眼,好像打盹呢。

他匆匆打开了车门,刚要提醒的功夫,牛局长已然从车里钻出来了。牛局长微笑着,说,小马,我怎么打不开这车门啊,正等着你来开车门呢。

他望着牛局长一本正经的样子,说,开车门有什么难? 一看就会的。他做着示范说,就这样啊,简单!

谁说简单? 牛局长深沉地说,里面学问多着呢。

经历了这一次,他以为牛局长学会了,谁知以后,他再随着牛局长出门,牛局长还是等着他或者司机去开车门。

哦。他才明白了：牛局长跟郑局长不一样的，牛局长故意等人来开车门呢。

他想，开个车门有什么？开就开吧。不过举手之劳么！谁让自己被人家领导呢？谁让自己碰上这样的领导呢？

他心里终究有意见的，然而终究是心里的意见，绝对不能暴露的。不仅不能暴露，还要做出很愿意为领导效劳的姿态来。

他就习惯了给领导开车门。

只要他与领导一块儿坐车，下车时他一定会颠颠地去给领导开车门。有时候，他还会像迎宾员那样，一手开车门，一手做出"请"的姿势。他看到，那会儿，领导们会挺着胸脯，脸上露出满意的微笑呢。

有一回，下乡结束要返程，牛局长走到了车边，本能地都伸出手要自己开车门了，可中途竟又缩了回去，然后站住等着他。

嘿，真会装蒜呢！他暗骂。可还是机敏地跑上前，开车门，关车门，脸上始终陪着笑。

这是一种魅力，还是一种威严呢？他望着牛局长的形象，头脑里忽地冒出了一个词，"陪衬"。是啊，明亮的月亮需要彩云来陪衬，娇媚的红花需要绿叶来陪衬，那么，领导不也需要下属用一个个细节来陪衬吗？这样一想，他竟感到给领导开关车门很有必要了。

还有一回，去参加一个剪彩仪式。快到现场了，凑巧下起了雨。雨下得不大，挺细密挺有情调的那种。刚好车里就准备着一把伞。

等车刚一停，他就利索地下车，撑开了伞，去给牛局长开车门。他用伞完全罩住车门那个地方，任雨水淋湿了自己。他说，牛局长，来，我给您撑伞……

牛局长敢情也能体恤下属的，牛局长说，小马啊，今天有点特殊，这样吧，你把伞给我，只我自个儿过去吧……

他观察了下会场，说，局长啊，别，你看，与会的领导全有专人给撑伞呢。你再看，为领导撑伞的还都是红衣美女呢……

嘿，还真是！牛局长瞅了瞅，就不再说什么了。牛局长说，好，那好。牛局长如平常一样潇洒气派地走上前去了。他呢，则用双手高擎着伞，跟在了后面。

时间一年年过去。因为表现出色，他被层层提拔，也成了局长。

当局长了,自然,也常常要坐车下乡的。

这一次,他开始以局长的身份下乡。等来到目的地,司机和秘书早下车了,他竟仍赖在车上呢。

秘书等了等,有点着急了,跑过来,打开车门说,马局长,到了,您该下车了吧?

哦。他板着脸,品着嘴,如当年的牛局长一样,说,我怎么打不开这车门啊,正等着你来开车门呢……

非凡女友

〜 黄立温 〜

老实说，我是一个有点自闭症的男人，虽然并没有少胳膊缺腿的，但总感到自己充满缺点，十分孤独。可是作为人，谁又不被爱情诱惑得火烧火燎的。万般无奈，我便尝试到网上寻找爱情。

一天，正当我漫无目的地浏览 Q 友时，一个似乎具有引力的名字——蒙丽莎出现了。跟对方聊上，感觉聊得十分投机，就像磁石粘上铁一样。在接下来的交流中，双方都说相见恨晚，只差没把肚子里的话掏光。我们的关系迅速升温。

我感到蒙丽莎正是我的梦中恋人。她是公司白领，看网上的照片，我敢说比任何明星都不逊色。蒙丽莎像主持人一样善于言辞。我平时寡言少语，但是跟她聊天总有说不完的话题。她可以像爆豆一样抖出一连串好莱坞式的俏皮话，也可以活学活用最时髦的词语，真是广闻博识，幽默风趣，常常叫我大笑不已。她善解人意，温柔体贴，有时我为跟同事一些鸡毛蒜皮的矛盾耿耿于怀，她会变着法子逗我开心。她学识渊博，操作计算机更是轻车熟驾，令我自叹不如。我正在攻读在职硕士学位，要写毕业论文，可是我那三脚猫功夫写不出来，网上下载又怕被老师看破拿不到证书。跟她一说，想不到仅用两天时间她就帮我写出一篇论文出来。水平相当得高，比我还专业，交到导师那里，竟然大获赞赏。我不由得发自内心地赞美她比电脑还聪明。

我迫不及待地向她表达爱慕，她给了我一个不大不小的惊喜——让感情慢慢发展，她说很喜欢我的诚实稳重，喜欢我的好多好多优点。不管怎样，总之我已经深深爱上她了。

我完全坠入爱河了。我慷慨地表示要送她一件礼物，但是被她婉拒了。

她说她不会让金钱玷污纯洁的感情。我想得到她的电话和地址,但是她说为了考验我的真心,暂时保密。如果我想念她,可以随时上网,因为她的工作正是 IT 技术——多好的姑娘啊。

我已经陶醉在爱情中了。只要有时间,我就会抱着电脑不放。丽莎显然也跟我一样陷入情网,每次开机,总是她在网上等候着我。有一次,我梦见跟她手牵着手在海边漫步。我按捺不住半夜三更找她,想不到她的电脑也在开着,我们彼此已经到了心有灵犀举止默契的程度。丽莎比我更投入,跟我聊天从不知疲倦。在一个假日,我们天南地北古今中外地聊,两天两夜都不休息。最后我晕倒了。

好像因为此事,从不失约的丽莎突然间沉默了,我十分痛苦和惆怅,天天守着荧屏发呆。我为丽莎发去一篇又一篇的求爱信,表露真情,山盟海誓。几天后,丽莎突然又出现了,给我发来十篇回信,全部是在中断联系的那段时间里思念我的情意,字字烫心,款款缠绵。那一刻,我激动得把电脑拥抱起来。

在医院躺了几天回来,为了跟丽莎交流时免遭网上病毒干扰,我买来最强的杀毒软件。可是启动之后,丽莎在我眼前闪动几下,就消失得无影无踪了。我急得差点把电脑砸烂。可是任凭我怎样焦急和努力,我再也找不到心爱的丽莎了。

从此一想到蒙丽莎,想到她的不辞而别,我就失魂落魄了。除了屏幕,我谁都不理会。由于无法工作,单位不得不给我放病假。

我一遍又一遍地在网上查寻,可是一次又一次失望。

我原以为事情至此了结。可是有一天,我偏偏看到网上一个告示,提醒用户注意,说最近有一种叫做"蒙娜丽莎"(另名"蒙丽莎",外号"蒙你傻")的病毒在网上蔓延,这是一种具有很强的自我创造能力的病毒,可以自动利用网络信息,自行跟人交流,自主合成图像……特别擅长谈情说爱,引诱用户,已有多人上当,并产生精神后遗症。

啊!我好像挨了一记闷棍。天哪,这是什么道理,我竟然跟一台电脑谈恋爱。

可是我对蒙丽莎总难以忘怀……我精神错乱了。

我又被送进医院。医生不假思索飞快地写下诊断书:网络中毒。治疗方法:一、禁止上网;二、跟活人沟通。

黄狗白狗的问题

何一飞

最先看出黄狗白狗问题来的是领导。

黄狗白狗是主人养的两条狗。

黄狗身上不是纯黄,额头上有一圈白。白狗身上不是全白,额头上有圈黄。这样的狗,称作"黄金白银",民间俗话说"黄金白银,富贵前程",珍贵得很。很多人以为黄狗白狗是一窝生的狗兄狗弟,其实不是,它们是别人送给主人的,黄狗送在前,是老大,叫大黄;白狗送在后,是老弟,叫小白。

黄狗白狗虽不是一胎所生、一母所养,但它们的感情很深,不似兄弟胜似兄弟。黄狗白狗讲究团结,周围的狗都怕了它们。黄狗白狗还经常一起追蜂逐蝶,也做一些狗拿耗子的事,一个在后面赶,一个在前面堵。

那天主人家里来了个最重要的领导,喝过茶,吃罢酒,剩下就是聊天了,聊着聊着,领导问,你不是养了两条俗称"黄金白银"的狗嘛,一条叫黄狗,额头上有圈白;一条叫白狗,额头上有圈黄。主人说,是啊,这两条狗,比亲兄弟还亲。

领导说,看看,看看有什么珍贵。

大黄。主人叫着黄狗,主人说,黄狗白狗就像公不离婆、秤不离砣一样,我叫一声黄狗,黄狗最多三分钟内就会出现;只要黄狗出现了,白狗就会出现。

可是过了半晌,大黄没有出现,小白也没出现。

小白,主人又叫白狗。白狗也没出现,黄狗也不见踪影。

往常都跟在身边,跟得紧紧的,主人说,今天跑哪儿去了?我去找找。

不要找了,看来是管理出了问题。领导说,管理是门大学问呀。

领导走后,主人找了一圈,没找着黄狗白狗。主人边找边想,领导说的管理出了问题是什么意思呢？主人琢磨了一阵，恍然大悟，心里佩服不已，领导就是领导，水平高。

今天要不是领导提出看看黄狗白狗，真没注意这个问题，主人细细回想着，黄狗白狗很久没有跟在自己身边了。黄狗白狗买回来的时候，只要主人一回家，它们就紧跟在主人身边，摇头晃尾，驯服得很。

黄狗白狗回来的时候，主人心里还窝着气。主人就拿脚去踢黄狗，黄狗躲开了，呲着牙对着主人叫；白狗也给黄狗帮忙，呲着牙对着主人汪汪汪地叫，叫得比黄狗还凶。主人更气了，娘希匹的，老子一个单位的头，管不好两只畜牲，传出去会给人笑死。心里发着狠，拿把扫帚就把黄狗白狗赶出去了。

黄狗白狗见主人生了气，畏惧之心就上来了。主人不让它们进门，两只狗就规规矩矩地守在主人家门口，主人进进出出，献上一副谄媚的神色。

第一天，黄狗白狗委屈地叫了一声，主人不搭理它们，也不给它们喂食。

第二天，黄狗轻轻地咬了一下主人的左裤腿，白狗轻轻地咬了一下主人的右裤腿，主人还是不搭理它们，还是不给它们喂食。

第三天，主人去哪里，黄狗白狗就跟着主人去哪，主人用脚踢也踢不走。主人踢，黄狗白狗任由主人踢，只是哀哀地叫几声。看到这情景，主人在心底笑了。主人知道，这还不够，还要烧两把火。

第四天，主人叫一声黄狗，黄狗立马就来了精神，甩甩脖子，抖抖尾巴，亲热地拢了上来。白狗也要拢上来，主人一脚把它赶走了。主人丢给黄狗一块肉，饿了几天的黄狗叼上肉跑了开去，白狗想要吃点，黄狗龇牙咧嘴把白狗赶走了。

第五天，主人叫了一声小白，白狗立刻跑到主人跟前，转了几个圈撒了几个欢。黄狗想要过来，看见主人对它提起的脚，知趣地走开了。主人丢给白狗一块肉，比昨天给黄狗的那块还大，白狗屁颠颠地叼着肉到一边去了，还跟主人点了几下头，算是感谢。黄狗想从白狗嘴里讨点，白狗龇牙咧嘴把黄狗赶开了。

黄狗白狗再也不在一起了，而且好像上辈子就结了仇，这辈子还没了一样。黄狗追蝶，白狗就去捉鼠。白狗跟其他的狗打架，黄狗甚至在一边给其他狗加油。不仅如此，黄狗白狗隔三差五也干一架，然后跑到主人哪儿汪汪汪的，算是告状。主人有时骂黄狗，安慰一下白狗；主人有时骂白狗，安慰一下黄狗。

黄狗白狗越来越对主人忠心了，远远听到主人回家的脚步声，黄狗白狗就飞快地跑出去迎接，争先恐后，都想把对方抛在后面。

　　主人出门，黄狗跟在左边，白狗跟在右边。路上的人遇到主人，纷纷说，局长，你的狗好懂事啊。

　　主人有次和其他部门的头起了纷争，就去给领导汇报。领导听了并不答话，过了一会儿，突然问道，你家黄狗白狗的问题解决了？

　　主人说领导您英明，在您的指导下，黄狗白狗的问题解决了。

　　好好好，领导说，你很有悟性，说明我没看错人。

　　主人说，我祖宗八代都报答不了领导您对我的大恩大德。我那两条狗人家都说是"黄金白银，富贵前程"，我想把它们送给您。

　　我哪有时间养狗，领导笑着说，我一大摊子人事都忙不过来。

向左走向右走

何一飞

一行四个人。

走在最前面的是局长。胖。是个正职的胖。

局长后面是第一副局长。也胖，不过是个副职的胖。

稽查科副科长小李走在最后，四个人中小李不是官最小的，但他还是走在最后，他让局长的司机走在了他的前面，局长的司机叫刘兵，年纪比小李要小，但小李非常尊重他，不仅经常兵哥兵哥的叫，有时还替他拿些发票油票之类的到一些管理相对人那里报销。

今天是星期六，一行四个人要去的地方叫山头源村，是该局新农村建设的对口支援村，局里给了村里八万元的建设资金，村里还想要局里帮忙尽快拉通公路，局长笑着说，这个工程太大，要慢慢来。

来山头源村是局长定的。山头源村的村支书给局长打了几次电话，村支书说，局长你也来指导一下我们的工作，我们全村人都念着你的好呢。村支书又说，我们没有大鱼大肉招待局长你，只准备了山里的一点特产，娃娃鱼、银环蛇、田猪子和山猫。局长好吃一口野味，就定下了星期六。局长说，山头源那地方是个天然氧吧，不像这城里，空气都是污染的。

一台车连司机四个人，全局那么多人，科级干部中单单叫上小李，说明小李在局长心中的份量，局长已经明确表态，下个月就把小李升为局里最有实权的稽查科的科长。

山头源村还没有开通公路，车就停在离山头源村最近的岭脚村，从岭脚村到山头源村大约四五里路，却有两条路进山头源村，一条在左，一条在右。

现在是七月，山外的气温已高达三十六七度，而在这山里面却凉爽得很，山风习习，鸟鸣声声，隐然有世外桃源之境。局长的心情好得不得了。

心情好得不得了的局长忽然就来了童心,说,这有一左一右两条路进山头源村,你们说哪一条最近? 副局长说,走右边的最近。局长不同意,局长说,左边这条最近。小李和司机都不插嘴,听他们二人争,最后还是局长定盘。局长说,王副局长,我们两个不用争了,实践是检验真理的唯一标准,我走左边这一条,你走右边的这一条,先到达的就说明他走的那条路是最近的,不过有一个原则,就是只能用我们平时的节奏走。

副局长同意了,局长副局长两个身材差不多,走路的步子也相差无几,都是四平八稳的。局长说完,径直朝左边的那条路走了,他的司机紧紧跟在了他的身后,副局长于是往右边那条路走去。小李看看局长,又看看副局长,看看局长后面跟着个司机,又看看副局长一个人,愣了一会儿,抬腿跟在了副局长身后,朝右走去。

等小李和副局长到达时,局长已经早到一会儿了。还是局长你英明,高瞻远瞩的,小李说。局长只是嗯哼一声,并不答小李的话。

山头源村做菜的虽然是个普通山民,但他做出来的野味色香味俱全,比城里的大酒店强多了,但小李发现平时最好这一口的局长今天好像吃得并不开心。局长怎么突然会有了心事呢? 小李很是忐忑。

局里的人事工作不久就进行了调整,出人意料的是大家看好的小李不仅没有当上稽查科的科长,而且还被免去了实职,调到一个不重要的科室做了副主任科员。

小李非常不解,局长早已表态了的,怎么会这样呢? 有一天,小李把局长的司机约了出来,喝过酒洗过澡后,司机说,兄弟呀,你这么聪明的人怎么会犯那样的低级错误呢? 去山头源村那次,是局长在对你进行考察,你千不该万不该就是跟副局长走。局长对你很有看法,说你眼中没有他这个局长,说你没和他走在一条道上。不在他那条道上的人怎么可能提拔? 听了司机的一番话,小李恍然大悟,心中郁闷不已,气得要拿豆腐砸自己的头。慢慢的,局里的人都知道了小李的事。

正在小李消沉的时候,一个好消息传来了。局长被调走了,接任的就是王副局长。王局长上任的第一件事就是调整各职能科室的人事,大家都说小李有眼光,去山头源村时就跟上了王局长,小李被提拔那是五个手指拿田螺,稳拿的事。人事调整很快就结束了,小李原地不动,还是当他的副主任科员。据王局长身边人传出来的消息,王局长说小李这个人啊,是个心中没有一把手的人。

　　王局长要去局里新的建整扶贫村指导工作。听说新的建整扶贫村也还没通车，进村的路也有两条，一条在左一条朝右。

提前草拟的悼词

谢志强

A 城规则管理局刘局长的妻子来找我的丈夫撰写悼词,我知道刘局长的大限已到。

撰写悼词,对我的丈夫来说,是小菜一碟。他是 A 城的自由撰文人。不是媒体的撰稿人,而是 A 城数个部门的撰文人。A 城规定,部门不得设专职的秘书。主要领导的讲话稿,皆由自己撰写。这就导致了 A 城出现了一批暗聘的"秘书"。

我的丈夫接受了撰写刘局长悼词的任务。刘局长的妻子面色不佳,她对我丈夫说:刘局长一直很看重你,所以,他的悼词由你起草再合适不过了。

我清楚她的潜台词。丈夫时间观念很强,他讲究信誉,他说:什么时候交稿?

她说:刘局长离开的时候。

我说:他现在的情况如何?

她说:不好,医生告诉我,癌细胞已扩散了。你们也知道,A 城那么多的规则在施行,他是超负荷工作哇。

丈夫说:我有数了,保证按期交稿。

丈夫进入角色,很投入地追思死者生前的事迹。丈夫边写,我边打,一份悼词就起草完毕。毕竟他对刘局长知根知底。第二天,刘局长的妻子打来电话。那一刻,我想,生命无常,仅隔一夜,她就成了寡妇。我准备对她说些安慰的话。

可是,她说:我家老刘想看看为他准备的悼词。我知道,丈夫是一个书生,况且,这类应酬一直由我出面。我说:这妥当吗? 悼词的前提是对象已经去世了,可是,刘局长还活着。

她说：他在等候着，这是他一生最后一个牵挂。他审阅过无数文稿，这回，就顺着他吧，否则，他死不瞑目。我希望他无牵无挂地离去。

我说：一个人活着审阅自己的悼词，恐怕没有过先例吧？

她说：帮个忙，他只是确认一下。一个人到了这个时候，我，还有刘局长一直信任你的丈夫，起码，出于终极关怀，也该满足他的要求。我以一个重病患者家属的名义恳求你和你的丈夫，了却他的心愿吧，我会加倍支付报酬。

我说：好吧。

搁下听筒，丈夫埋怨起我了。他说：这多尴尬，这不吉利，不是逼他快死吗？他还没死，就看自己的悼词，情理上也说不过去。

丈夫还在犹豫，他说：悼词是特定时间特定地点特定对象宣读的一个特定的文体。当着刘局长的面，他活着，我念悼词，事情的性质起了变化。很可笑，是吧？

我说：你呀，考虑那么多干啥？你就当他已经去世。几个服务对象，刘局长最爽快、最大方，冲着这个，你也得去，也表示我们对他的关怀。

丈夫不让我陪同，他认为那样晦气。他一向不愿跟死者相见。但是，没料到，这一去，竟是我和他的永别。我想起，临出门他心神不定的样子，似乎那辆撞他的车正等候着他。据说，他横穿马路，手里拿着那份悼词。还是交警凭着悼词联系了刘局长的妻子，刘局长的妻子再通知的我。我赶去，丈夫已直接放在了太平间。据说是当场死亡。

刘局长委托妻子联系另一位自由撰文人，那个人起草了我的丈夫的悼词。我看了悼词，觉得不是写我的丈夫，而是写另一个人，根据悼词的表述，我的丈夫是个伟大的人物了。不过，一个人去世了，携带着溢美之词进入另一个世界，不也是一种安慰吗？

我转眼成了一个年轻的寡妇。刘局长的妻子陪着我，提醒我要节哀，好像我和她同病相怜，她是未来的寡妇。她参加了我丈夫的追悼会。过后，她告诉我，刘局长已审阅了我丈夫起草的悼词，基本上一字未动。

两天后，那份悼词终于在刘局长的追悼会上宣读了，我察觉到刘局长和我的丈夫的悼词竟然有雷同的表述，特别是结构基本一致。我丈夫创造的悼词模式已经被广泛套用。按权威人士评价，我的丈夫使这种文体达到了成熟。刘局长带着欣慰的表情死去。

不久，A城悄悄地流行预先由死者审定悼词的规则——只是不成文的规则。悼词一旦由死者在生前审定,那悼词就不能更改,完全是出于对死者的尊重。据说,许多有身份有地位的人,都提前委托撰文人草拟了悼词,随着时间的进程,不断修改、审定,因为,谁知道次日还能否活着呢?

死亡笼罩着 A 城。我也继承了丈夫生前开创的文体,专事悼词起草,不断有人邀请我为他们起草悼词。这一点,我得感激我死去的丈夫。

启蒙教育

谢志强

　　小偷推开半闭着的窗,避开窗台一盆兰花,轻捷灵敏地跳进屋内。他刚拉开立橱的抽屉,突然愣住了。

　　房主立在他旁边。

　　小偷连忙说:我以为屋里没人。哦,我口渴。

　　房主说:你刚才打哪儿进来?

　　小偷指指窗户。

　　房主追问:那叫啥?

　　小偷犯嘀咕了:今天算我倒霉。

　　小偷说:我本来……可是,我图个方便,就……就是口渴,这天气真够热的呢!

　　房主招手。小偷乖乖地跟着他走近窗户。房主指点着窗台,说:你念一念。

　　小偷去瞅,脱口念:床(chuáng)。

　　房主一摇手,说:不是床,是窗,chuāng,阴平声,不是阳平,你上过小学吗?

　　小偷疑惑:这个主给我设什么圈套?

　　小偷说:上过吧。

　　房主玩魔术似的亮出一根细棍,敲击着窗台,说:chuāng,跟我念。

　　小偷便模仿房主的口气,去咬那声调字母。房主收起细棍说:记住了?

　　小偷机械地点点头,说:记住了。

　　房主:跟我来。

　　小偷呆立着,没动。

房主回首,见小偷没跟过去,说:你不是口渴吗?

小偷仿佛恍然大悟,说:对,对,嗓子要冒烟了。

来到客堂间。房主用细棍敲击三下方桌,说:这叫什么?

小偷霎时想起刚入小学看图识字的情景,他端详着房主的脸,像是要极力拨开皱纹发现当年老师熟悉的脸庞。

小偷说:课桌。

房主失望地摇头,说:桌子按功能可分为课桌、饭桌、讲桌、会议桌……你还能列出什么吗?

小偷闹糊涂了,只是鸡啄米似的点头,连说:是,是。

房主说:这究竟是什么?

小偷说:饭桌,对,吃饭的桌子。

房主倒来一杯水,像是奖赏。

小偷"咕嘟咕嘟"一口气喝尽,过急,竟呛了一口,仿佛感动了,眼泪、鼻涕都溅出。

房主说:你跟我来!

小偷又犯嘀咕:这个主到底要弄什么名堂?

一前一后,走出门,站在院子里,离门仅三步远。

房主拿着细棍指着门,说:这叫啥?

小偷说:秃子头上的虱子——明摆着的嘛。

房主板着脸,说:明摆着? 可是,你刚才从哪儿进来的呢? 你还不耐烦了? 半瓶子醋就晃荡,你来。

小偷说:请您多多指教,多多指教,不敢不耐烦。

走近门。房主用细棍点一点门板上的字,说:你念一念让我听听。

小偷瞅着"門"字,说:是念"门"吧?

房主说:你肯定地念一遍。

小偷脱口出声,仿佛是牛哞,却含含糊糊念了,似乎有点吃不准。

小偷想:今天我要栽在一个难缠的高手这儿了。

房主说:你忘了? mén,阳平声,你跟着我念。

小偷艰难地咬那字母,m、e、n,却念出阴平声。

房主说:一起念,别拉开队列,来,mén。

小偷模仿得很地道。房主说:还算到位。

小偷有点自豪,跟念小学那年在课堂上受到老师表扬那样。他又忍不住念了三声,有点炫耀的味道。

房主一挥棍,如同指挥一个乐队,说:前头,你从哪儿进来的呢?

小偷念:chuāng。

房主说:窗有什么功能。

小偷想:这个主,葫芦里到底卖什么药?

小偷索性一声不吭。

房主说:窗在墙壁上,是通气透光的装置。

小偷只有点头应和的份儿。

房主说:窗有窗帘、窗棂、窗纱、窗扇、窗台、窗玻璃。

小偷想:这个主肚里还真装着一些没用的货。

小偷来了劲儿,说:窗台上有兰花。

房主瞥了他一眼。

小偷缩缩舌头。

房主说:你说说门的功能? 我是专指屋子的门。

小偷立即说:进进出出的口子。

房主说:谁进出?

小偷咬住嘴唇。

房主说:门有门板、门鼻、门环、门轴、门槛、门框、门楣……

这不是用一个字组词吗?

小偷抢着说:还有门牌。

房主说:我看你,说啥啥都懂。现在,你退后七步。

小偷想:现在,他该动真格的了?

小偷像操练一样,一步一步,退出七步。

房主说:你直对着什么?

小偷说:mén。

房主说:现在,你知道该怎么进入一间房子了吧?

小偷心里还悬着:接下来,他会怎么处理我?

小偷说:知道了,知道了。

房主摆摆手,像是扇一只苍蝇。

小偷是一副期待的表情,但立即反应过来,拔脚往院门奔。

房主喊:你停一下。

小偷想:街上那么多来往的人,就是逃也难逃。

小偷垂头丧气地站住,他几乎要跪下来求饶。

房主持棍指着门,说:记住啦?!

小偷连忙说:记住啦!

房主说:不是你家的门,未经允许就不能擅自进入。

小偷说:知道,记住啦!

出了门,小偷舒了一口气,却纳闷,这个主倒有趣,没计较他偷窃的事儿。他忽然想起,房主手里的细棍,不就是当年地理老师手里那根指点江山的教鞭吗?

能说话的那堵墙

谢志强

最初,是他发现了那堵会说话的墙。没人跟他说话,憋得慌,他走到冷僻的角落,恰好面对着那堵墙。那堵墙大概是一个早先的大户人家院子迎门的一堵屏风式的墙,不知什么缘故,院子拆了,只剩下那堵墙,墙上还留着斑驳的图案。

他就站在那堵墙对面,开始自说自话,仿佛对面站着个听他说话的人。独白了一阵,他察觉自己的话音弹回同样的话语,似乎在模仿他的话,而且,十分逼真,语调、节奏都雷同,仅仅是音量雄浑了些,还很饱满。

他试了两句,甚至,听到了余音,就是回过来的话后边,又拖了个尾巴,是前边的话的又一次重复。只是,音量减弱了许多,似乎那后边还在重复。于是,他来劲儿了。真有点儿觉得知音的味道。

没有一个人这样耐心听他说话。他积压了那么久的话,一股脑都倾泻出来,他将那堵墙的回音当成对他的话的反应。墙对他的回应,仿佛两个倾吐的人相逢了。

那天,他一直说到 A 城街灯辉煌,终于过了一把瘾。这样,很舒坦。他甚至走近,感激地抚抚墙体。墙体保留着夕阳的余温,还有太阳的气息。大概那堵墙说久了,墙体发干发软。

之后的数天,他都来那堵墙的对面,已说过的话,还有没说过的话,都被他一股脑地倾述出来。他庆幸有了这么一个说话的对象,感到很受用。

他把这个发现告诉了别人,竟有许许多多的人感兴趣。他欣慰的是,A城其实不止一个他这样的人,他一直以为自己孤独。他看见数十个人都赶到那堵墙面前,说些不着边际、没头没脑、莫名其妙的话,甚至,穿插着,他还能跟这些人搭腔。

那堵墙是个忠实的聆听者，而且，积极、灵敏、忠实地反应着，不管有多少人对它说话，它都能一句不拉地回音。不过，各种话同时由它保持原样地反馈，好像墙生出了相应的嘴巴，形成了话语的重叠。话语庞杂地返回，他在那杂乱的话堆里，还是能分辨出属于自己的那部分话音。

那效果，像是漫长的旅途后，睡了个好觉，如久渴的人们，饮了清凉的泉水，似从蹲久的黑屋走进阳光里。人们的脸上洋溢着满足、轻松、喜悦的表情。

一传十，十传百，百传千。那堵墙前边，朝朝暮暮，人流不断，那么多倾诉者、表达者、呼喊者，都一帮一帮、一拨一拨来说来喊，甚至有人说完了就激动不已地流泪。

作为发现者，他担任了维护秩序的角色，当然，适当收费也理所当然。谁会在乎出点儿钱呢？他还把那堵墙围起栏栅。渐渐地，他发现，墙面坑坑洼洼了，那是声波频繁冲击的结果，像久经日晒雨淋，墙体衰竭了，这影响到它的对话（人们已将墙的回音称为对话了）。反馈的话已走调失真了。

他雇了泥瓦匠，精心地修复了墙体。可是，一旦对话，那些抹上去的泥浆纷纷脱落下来，又恢复了原样。大概那堵墙负荷繁重——日夜来说话的人根本不间断。终于有一天，墙体塌倒了，是瘫下去了。他认为它累坏了，是 A 城的人们把它说倒了。

随后，A 城居民就失语了，很多人无精打采，有的人自言自语，有的人沉默不语，有的人上街抓住陌生人说话。可他们在家里却一声不吭。更多的人仿佛在寻找什么，甚至去抚摸楼房的墙体。

后来，他模仿那堵墙，建造了几乎看不出差别的一堵墙，但是，只剩下他孤单的声音——墙不回应。他拍击着那堵墙，失望地说：你说呀！说呀！说！

感冒是这样流行的

秦 俑

在这个不大不小的机关里,秘书李四只能算一个平凡人物。与所有的平凡人物一样,李四也有一些隐秘的愿望,譬如现在,李四就特别希望自己能患上感冒。

现在是 4 月 5 日上午,阳光明媚,李四站在顶头上司刘爱国主任的办公桌前,听刘爱国主任跟他说:"刚才小宋打电话来请假,说是染上了流感,这段时间大家都要悠着点儿。"

李四知道小宋没病,小宋这小子一定是憋慌了,周末跑省城去见女朋友,这会儿赶不回来了。不过李四早过了那种想什么就说什么的年纪,李四一声不吭地回到办公室,拿出科室出勤记录本,很认真地记下:"4 月 5 日,宋鹏患流行性感冒,休病假一天。"接着李四很随意地将本子往前翻,就翻到了这样一些记录:

2 月 14 日,梁思思严重感冒,请病假一天。

3 月 8 日,刘爱国主任感冒,休假一天。

3 月 19 日,高岗主任病假(感冒)。

翻着翻着,一个愿望就偷偷地在李四心里滋长起来:现在正是感冒流行的季节,小宋是刚分到机关的大学生,他都能感冒,为什么我不能感冒一回啊?李四骨子里是那种把日子过得小心谨慎的人,李四这么想着的时候就有了些小小的兴奋。这天上班的时候,李四满脑子都在暗暗嘀咕着:选择哪一天感冒呀?感冒那天又做点儿什么呢?

时间最后定格到了 4 月 8 日。这一天对李四来说是一个很特别的日子:前年的这一天,李四认识了一个叫张英的漂亮女孩;去年的这一天,这个叫张英的女孩成了李四的妻子;今年的这一天呢? 李四想着要给张英一个浪漫的惊喜。当然,制造浪漫是需要时间的,所以李四决定:4月8日患感冒。

一晃就到了4月7日,一场及时的春雨将天气浇得透凉。这一天李四就有了充足的理由来表现他的状态低迷,他时不时做出要咳嗽但又咳不出来的非常难受的样子来。果然有人来问:"李四,感冒了吧? 穿这么少……"李四就很在意地用手去摸了摸自己的额头,然后露出一脸的无所谓:"没什么,过一天就好了。"话没说完,李四就用手掩住嘴巴,打出来一个闷响的喷嚏……

这本来就是一个容易感冒的季节。说感冒,李四还真感冒了。4月7日半夜,李四开始流鼻涕,打喷嚏,说胡话。张英让李四吵得不安宁了,冷不丁一摸李四的额头——烫手! 才慌里慌张地将李四送到就近的医院,结果出来,是流行性感冒引发的急性肺炎,需住院治疗。

4月8日,李四躺在医院的病床上,一个人挺无聊,就"一、二、三、四"地数起了吊瓶内不停往下滴着的药水。当数到一千零二十四的时候,办公室的领导和同事都颠儿颠儿跑医院来看他。刘爱国主任代表科室做了简短的安慰讲话,然后大家将几袋水果丢到床头柜上,又颠儿颠儿离开了医院。

接受了两天的治疗,又观察了一天,周一的时候,李四又很早赶到单位上班了。当习惯性地打开科室出勤记录本,李四看到这么一行字:

4月8日,李四因感冒导致肺炎住院。全体到医院看望李四,休假一天。

李四感觉怪怪的,就好像在自己精心料理的饭菜里吃出一只绿头苍蝇来。

这个时候宋鹏来了。宋鹏远远地瞪着李四,宋鹏说:"这么快就出院了? 你的病是不是全好了? 现在办公室里除了我,全都传染上感冒了哩……"宋鹏说着,就张大嘴巴,朝李四打了一个大大的喷嚏。

怎么证明自己还活着

秦　俑

　　我们单位一位退休的老职工汪工死了。汪工是怎么死的无关紧要,我这篇小说的中心内容与死亡无关——虽然它是以一个人的死开始,又是以另一个人的死结束。

　　汪工死了,汪工的死给我们带来了一个很直接的后果:在汪工去世后的第二天早晨,汪工的儿子汪伟领着一个老太太出现在我们办公室的门口。现在可以告诉你了,我这篇小说最关键的人物不是汪工也不是汪伟,而是这个叫做何桂香的老太太,也就是汪工的老伴儿汪伟的母亲。

　　当汪伟搀着汪老太太来到办公室的时候,我们多少有些惊讶。因为在此之前,我们不知道汪工还有个妻子——这种惊讶本身很可笑,我们作为单位政工部门的工作人员应该做出检讨——不过客观的事实是我们并不了解汪工,我们只知道汪工曾经是单位的技术骨干、劳动模范,但是他的性格并不合群,与领导同事之间处得都不好。

　　现在汪伟来了,汪伟的胳膊上缠着黑纱,汪伟很悲切地握着我们的手听我们说一些安慰的话,汪伟指着那个老太太说,这是我的母亲,两年前患上了老年痴呆症,生活不能自理,父亲在世时不愿拖累单位,现在父亲去世了,希望组织上能够照顾照顾。

　　对于汪伟的要求,我保持一个下属的沉默,我只负责将汪伟领到主任办。主任沉吟了一会儿,对汪伟说,对于你的要求,我们完全理解,汪工是为单位做出过贡献的老职工,情况特殊,也理应照顾,不过按照有关规定,需出示你母亲与汪工的婚姻证明以及你母亲在世的文字证明。

　　汪伟可能没想到事情这样简单,他满脸感激地握住主任的手,口里含混不清地说着一些感谢的话。汪伟的母亲呆呆地靠在一旁,面无表情。

第二天下午汪伟又来了，手里拿着一本老式的结婚证。汪伟说派出所查不到母亲的户口，不肯开证明。汪伟接着解释说，母亲是抚顺桑河人氏，当初远嫁父亲时，可能没有办理户口迁移手续……主任是个很讲原则的人，主任说，这事不好办，规矩是写在文件上的，白纸黑字，要不到你母亲的老家去开个证明来。说着主任便在电脑前敲了一阵，打印出来一张纸：

证明

何桂香同志是桑河乡大坝子村居民，现年六十一岁，在世。

特此证明。

年月日（盖章）

主任看了看，觉得有些不妥，又将"是"改成了"原是"，才交到了汪伟手上，说，不是不帮忙，一帮就乱了规矩，你先跟你舅家人联系，再将证明寄过去，只要当地公安部门一盖章，这事我立马帮你办好。汪伟又很感激地紧握住了主任的手。

第三次到办公室来时，汪伟的脸上极不自然。他的身后跟着汪老太太和一个三十刚出头的穿西服的男人。这次汪伟没先开口，说话的是那个男人。他自我介绍说是汪伟的表弟，汪伟的母亲是他的大姑，因为大姑出嫁时在桑河的户口已经注销，桑河派出所也不肯出示证明。他说："我大姑爹一辈子踏踏实实勤勤恳恳，而今去世了，大姑患了病，眼看着看病住院的钱都没个着落，你说不靠这单位靠谁去……"主任耐心地做着解释，甚至还把那一沓发黄的文件拿出来。那个男人也没法子了，扭过头去对汪伟说："这单位也有单位的难处……"汪伟的脸一下子胀得通红，他看上去很气愤，好半天才指着汪老太太嘟囔出一句话："开什么证明？这人好端端站这儿，还要开什么证明？"主任拿起文件走到汪伟跟前，指着上面的一排字念："你看看，文件上是这么写的，我们也没有办法。"

事情过去了好几个月，那天，主任走到我身边跟我说，小秦，你起草一份报告，把汪工的家庭情况说一说，看局里是不是可以酌情照顾照顾。我很快将报告写好了，主任习惯性地改动了几处字词，要我送分管领导批示。分管领导二话没说签了两个字：同意。主任又吩咐我将手续办了，还叫我到银行办好存折送到汪工家里去。局里对孤寡职工家属的生活补助是每个月一百二十元。

故事到这里当然还没结束，开头的时候我已经说了，这个故事的结局死了一个人。那天我有点儿疑惑主任为什么要我将存折送到汪工家里去，但领导吩咐的事我不敢含糊。到了汪工家,我看到了汪伟的女人,她正在忙着淘米,看到我来便慌忙让座倒水。我将来意说了,再将存折给她。她说老人家的病加重了,昨晚住进了医院,脸上一脸的感激之情。

　　出门的时候,刚好碰上汪伟风风火火地赶回来,他大老远就朝着屋里喊着:"孩子他妈,快去医院,我妈她快不行了!"

火眼金睛

卜·伟

　　艾牛牛所在的公司不大，也就二十几个人，老板经营和管理都有一套，公司的效益很好。艾牛牛和老板的年纪差不多大，和老板的关系不错。老板也很大方，经常带艾牛牛他们出去吃饭。

　　老板请客的饭店是定点的。每次吃饭，艾牛牛都感到自卑。酒店里的服务小姐都认识老板，对老板大献殷勤，一个个脸上的笑容都快抽筋了。而艾牛牛他们让服务员倒茶或者拿餐巾纸什么的，要叫好几遍，她们才懒洋洋地过来，而且脸上笑容的质量明显下降。

　　有一次，艾牛牛喝醉的时候向老板抱怨他在饭店里受到的"不公正"待遇，老板听后哈哈大笑。他捶了艾牛牛一拳说："上点档次饭店的服务员早已练就了一双火眼金睛，基本都能判断出一桌人中谁是老板。"艾牛牛不信，他反驳说："公司定点饭店里的那些服务员自然都认识你，要是换一家饭店，我就不信他们能认出你是老板。"老板说："好，那我们打个赌，下次吃饭由你去订饭店，如果服务员认不出谁是老板，我就请客，否则，就由你买单了。"艾牛牛说："好。"

　　隔几日，公司加班，老板带艾牛牛几个人出去吃饭。这次没去公司定点的饭店，吃饭的地方是艾牛牛选的。并且，老板让艾牛牛坐了首席。吃得差不多的时候，艾牛牛叫来服务员，问她："你知不知道我们中谁是老板？"那个丫头思考都没思考就指着老板说："这位先生是老板。"艾牛牛诧异地问："你怎么知道的？"服务小姐微微一笑说："我说实话，您可别生气。"艾牛牛点点头。服务小姐接着说："这位先生从头到脚一身的名牌，你浑身上下穿得加起来可能都不如他一条皮带的钱呢！"

　　艾牛牛汗颜。他灰溜溜地去买单。过了一段时间，艾牛牛又和老板出去吃饭,这次只有他们两个人。到酒店门口,艾牛牛要和老板换外套,老板笑着答应了。他们来的酒店规模不大,但装潢很讲究,客人也不多。快结账的时候,艾牛牛问服务员:"我们两个人谁是老板?"问这话的时候,艾牛牛特意把身上的那件名牌在服务员眼前晃了晃。服务员指着老板说:"他是。"艾牛牛大惊,难到自己即使穿上名牌也不像老板,这对他打击太大了。他急忙问:"你是怎么看出来的。"服务小姐淡淡地说:"这位先生吃饭的时候,手机一直响个不停,而您的手机几乎没怎么响过,因此,我判断他应该是老板的,只有老板业务才会这么忙。"

这事情已经成了艾牛牛的一个心结。他还是不服气,王侯将相,宁有种乎?又几日,他精心地去挑了个饭店,请老板和公司几个要好的同事去吃饭,这个饭店比较有档次,服务员个个都长得水灵灵地。艾牛牛穿上自己最好的衣服,吃饭之前,他嘱咐大家,为了保证今天尽兴,把手机都关掉。这次,服务小姐对每个人都很热情,艾牛牛很得意,终于要赢一回了。酒足饭饱后,艾牛牛掏出一百元,叫来服务员:"丫头,你能猜出我们中谁是老板,这一百元就是你的了。"那个服务员年纪不大,但脸上已经没有了女孩的那种青涩的感觉,一看就是老江湖了。她看了艾牛牛他们一眼,又指着老板说:"是这位先生,对吗。"艾牛牛忽然感觉一阵胸闷,呼吸困难。他把手中的钱给了服务员。问:"你怎么知道的。"服务小姐笑着说:"你们几个人的眼睛老是朝我们脸上、身上胡乱扫射,而这位先生连看都没看我们一眼。只有老板才这样,他们什么美女没见过。"

就是那啥

于心亮

干完了活儿,房东请马良去喝酒。马良说酒就不喝了,只要把工钱开给我就行了。房东说你是实在人,干的活儿我很满意,但钱现在实在不凑手,容我先缓几天,你尽管把心放肚子里,工钱我一分不会少,少你一分钱我就是那啥!

马良说我遇到那啥太多了,头顶这块疤,是包工头找人给打的;胳膊这块疤,是追工钱让车给撞的;膝盖这块疤,是房东放狗给咬的……哦,我不是不相信你啊,只是现如今那啥太多了,遍地都是,我们这些出苦力的人承受不起啊……

房东很同情,叹口气说现在的人,都变黑心了啊!得,我手里有两百块钱,本来想请你喝酒,既然这样你先拿着,一周之后,你来拿剩下的工钱,我装得起房子就开得起工钱,否则就真的成那啥了,你相信我一次成吗兄弟?

话说到这份上,马良就不再絮叨了,点点头,笑了笑,走了。

一周过后,马良来讨工钱。摁门铃,没人应。打手机,没人接。跑公用电话亭一打,手机通了。马良说我是马良,来拿工钱,别跟我说你不在!房东手机里说巧了,还真让你说着了,我的确出差办事了,在外地,我要是说谎就是那啥!

马良说你到底有钱没钱?房东说有钱。马良说那好,我告诉你卡号,你只要不离开地球,随便找家银行就可以直接打给我。房东说又巧了,我出差办事忘带银行卡了,手里带点钱刚够生活费,给你我就回不去了。马良说你啥时候回来?房东说说不准。

马良拦下一个路人,掏出十块钱,说麻烦你,借你的手机帮我打个电话,你说——我是你楼下邻居,你家厨房漏水了,赶紧回来处理!

没多大工夫，房东出现了。马良拦在楼口，说出差回来了？房东很尴尬，说看你挺实在的人，没想到挺狡猾，居然会说谎骗人！马良笑呵呵地说我知道你是逗我玩儿，人活着不逗不乐不热闹嘛，既然你回来了，就给我工钱吧？

房东说为买房子，我欠了一屁股债，不是哭穷，我现在真的没钱，要有半句假话，我就是那啥！马良说我知道你为难，但我干了活儿，你总得付我工钱，我也等钱用呀！房东说咱们都是穷人，应该互相体谅，你难道就不能再通融一下吗？

马良郑重地看着房东，说给我个准确日子，希望你别最终是那啥就行了。房东说年底，年底你来，我一定给你工钱，你要是觉得亏，到时候利息我一起算给你！马良叹了口气说利息就免了，到时候你能如数将工钱结算给我，我就感激你了！

以后的日子，马良偶尔发个短信给房东，不提工钱，只说祝福。到了年底，马良去要工钱，房东带着马良四处指点着，说你做的装修，这里有点小毛病，这里也不太好，还有这里……所以，工钱我要扣掉一些。马良接过房东递给的钱，笑了笑。

房东说，我虽然不差钱，但质量上没达到我的要求，理应扣你工钱，否则我不就是那啥啦？马良说你这样说，我也没办法，不怪师父教得不好，也不怪我学艺不精，只怪当初师父讲的故事我没有照着去做……算了不说了，走了啊！

马良走到门口，房东说你师父讲的啥故事？马良说哦，是个耍手艺算计人的故事，没啥没啥。房东警惕地说耍手艺算计人的故事？不如你讲给我听听？马良说你真的要听？东家说不就是个故事嘛，听听吧。马良说既然这样，我就讲了：

过去有个黑心财主，请人盖房，有个老木匠接了活儿，将房子盖好了，结算工钱时，财主百般刁难人家，给了很少的工钱。结果财主自打入住新房后，就天天晚上做噩梦，没过多久就死了，后来翻修房子的时候，发现屋里某处藏着一个木雕的恶鬼……

两天后，房东打电话给马良，说你讲的故事，是真是假？马良说你相信就是真的，不相信就是假的，不过世上的事离奇得很多，有些东西也难说啊！房东说你……你说老实话，你没像故事讲的那样算计我吧？马良就笑，说哪能呢？如果那样，我就是那啥！

又过了两天,房东找到马良,将工钱如数结清,说兄弟,我不欠你的了。马良说你的确不欠我的了。房东说既然这样,那请你去我家,把你留下的东西取走吧!马良说我没留下东西呀!房东说你留了,实话告诉你,自打我搬进新房,就天天晚上做噩梦……

马良听了,无可奈何地叹了一口气。

流浪的人

秦德龙

我离开祖国苹果国,流浪在西瓜国的街头。我不知该怎样求助,语言不通,就是想找警察局问路,也摸不着大门朝哪儿开呀。

既然找不到警察,那就让警察来找我吧。

于是,我在马路上制造了一个低级错误。我大胆地横穿马路,将滚滚车流断在了我的面前。

果然,警察从天而降。警察看看我,用苹果国话说:"先生,您是从苹果国来的吧? 只有你们苹果国人,才会犯这么低级的错误!"

好眼力,警察一眼就辨明了我的国籍。

开过罚单,警察转身而去。我也没必要打扰警察了。真的,警察启发了我。我已经知道怎样在西瓜国找到能够帮助我的人了。也就是说,我只需找到那些去过苹果国的人,这些人将成为我的亲密伙伴。

茫茫人海中,怎样找到那些人呢? 何况,西瓜国人都是蓝眼睛、高鼻子,咋看都是鹰模样。

想一想,办法当然会有的。

我站到了一个公共汽车站牌下,有一些西瓜国人在等车。要从他们当中找到去过苹果国的人,我胸有成竹。很快,汽车开过来了,多数乘客按次序上车,可偏偏就有那么两个人,不排队,往上挤。哈哈,就是他俩了,一定是我要找的人!

为了验证我的判断,我也上车了,并注意观察这两个挤车的家伙。他们一胖一瘦。果然,不出所料,这两个家伙一上车就抢座位,坐到了两位老人的前面。没错,他们一定去过我们苹果国!

汽车走了几站,这两个家伙下了车,我也随着下车了。我叫住他们:"哥们儿,你们去过苹果国吧?"

两个家伙点点头,上下打量着我。胖子用苹果国话说:"先生,你怎么知道我们去过苹果国?"

"你们挤公共汽车,上车抢座位,就凭这两条,我断定你们去过苹果国!"

"哈哈,朋友,你猜对了,我们是去过苹果国。"胖子笑了起来,"我们在苹果国生活了两年,慢慢学会了苹果国人的生活方式——变通,一变就通!"

瘦子也笑道:"是的,苹果国人的生活方式,充满了辩证法!"

我也笑了,他们说得很深刻。可见,他们掌握了苹果国人的某些精髓。

胖子和瘦子请我喝了咖啡。我总算在西瓜国有了朋友。我想,按这个思路找下去,我一定会找到更多去过苹果国的朋友。

后来,我在西瓜国的公共场所找到了这样一些朋友:高声喧哗的人、袒胸露背的人、乱丢垃圾的人、随地吐痰的人、撕空白介绍信的人、乱开发票的人、贴小广告的人、办假证的人……这些人都去过苹果国,都有在苹果国生活半年以上的经历。没错,他们听说我来自苹果国,很快就成了我的朋友。我在西瓜国得到了他们的热心帮助,简单而快乐地生活着。

在胖子的倡导下,这些去过苹果国的人成立了一个联谊会,并拥戴我为名誉会长。是的,我理解他们的心情,他们喜欢苹果国,喜欢苹果国的生活方式。他们说,苹果国人不拘小节,让人感到幸福、快乐和自由!

作为名誉会长,我会经常给这些西瓜国的朋友上课。每当上课的时候,我总要温文尔雅地告诉他们,应该遵守交通规则、上车要给老弱病残让座、不要加塞、公共场所不要喧哗……这些西瓜国朋友听我讲这些,总要哈哈大笑。他们用怪异的目光看着我,仿佛我是个不可思议的人。有一次,他们和我展开了激烈的辩论。胖子瞪着我说:"先生,这些缺点,都是我们在贵国学到的。请你不要忘记,你正是利用这些缺点,才找到了我们这些朋友的!"

我板着脸说:"没错。但我现在就是想帮你们洗澡,洗去你们从苹果国带回来的灰尘。"

"你真是可爱!"胖子嘲笑着我,然后打了个嗯哨。其他人也跟着起哄,将我赶下了讲台。

没办法,我去了另一个国家。

身处异国,举目无亲。我只好故技重演,寻找那些去过苹果国的人。是的,很快,我就找到了这样的人,并和他们交上了朋友。

以后,我到过许多国家。即便语言不通,只要我站在大街上,一眼就能认出谁去过苹果国。

　　许多年后，我回到亲爱的苹果国，惊奇地发现，人人谦和有礼，处处鸟语花香。我选择了在国内定居，而不再去世界各地流浪。有时候，我会想起那些可爱的异国人，他们总那么轻易地将我们的缺点发扬光大，真是让我感慨。

陌生人世界

秦德龙

社会进入了熟人时代,艾力先生却感到寸步难行了。无论办什么事情,都要通过关系找熟人,没有熟人相助,几乎一事无成。这让艾力先生身心疲惫,精神上出现了从未有过的恍惚。带着疑惑,艾力先生去了心理诊所。

心理医生热情地接待了艾力先生。通过简单交谈,艾力先生就将内心的郁闷和盘托出了。艾力先生与心理医生展开了一场陌生人之间的谈话。

心理医生:"请您回答下列问题。当年,您出生的时候,是谁为您接生的呢?"

艾力先生:"是陌生人。"

心理医生:"您上幼儿园时,阿姨是熟人吗?"

艾力先生:"是陌生人。"

心理医生:"您上小学、中学乃至大学,那些老师都是熟人吗?"

艾力先生:"都是陌生人。"

心理医生:"走上社会后,您是如何获取信息的? 是熟人告诉您的吗?"

艾力先生:"是陌生人。电视和报纸的记者,我一个都不认识。"

心理医生:"您外出旅行时,那些驾驶汽车、火车的人,是熟人吗?"

艾力先生:"都是陌生人。"

心理医生:"好了,您回答的这些问题,说明您的一生完全掌控在陌生人的手里。您该明白,人的一生,需要不断和陌生人打交道。"

"可是,有事的时候,我很自然就会想到熟人。"

"但最终解决问题的,还是一些陌生人啊。假如您患病进了医院,需要做手术,一定是陌生人把您送进手术室,是陌生人给您做手术,是陌生人护理您。如果您将来死了,还是由陌生人将您埋葬! 而您的那些熟人呢,要么袖手旁观,要么束手无策,要么幸灾乐祸!总之,总会有陌生人出现在您的身边,从某种意义上说,陌生人往往是最可靠的人。"

"那我今后再也不能依赖熟人了。"

艾力先生如释重负地离开了心理诊所。艾力先生下决心要与陌生人打交道了。他删除了所有熟人的信息,让自己处于真空地带,开始信心百倍地特立独行了。

然而,转变观念的第一天,他就遇到了与熟人社会格格不入的事情。他的妻子要分娩了。妻子提出要找个熟识的医生接生,被艾力先生否决了。他坚信心理医生的话,人的一生,完全掌控在陌生人手里。妻子忍受着剧痛,被推进了产房。很快,便有"呱儿呱儿"的啼哭传来,他的儿子来到了陌生人世界。妻子出了产房,气得下不来奶水。妻子说,我让你找熟人接生,有什么不好?孩子一生下来,就有熟人接他,就有熟人照应,错在哪儿了?

艾力先生不做任何解释。妻子不下奶水,那就买奶粉。于是,他跑到街上去为儿子买奶粉。可是,他在街上遇到了车祸。一个陌生人开着车,把他撞倒了。陌生人不住地向他赔礼道歉,还主动提出私了。

艾力先生严肃地说:"不要以为金钱万能,出了事故,就要依法裁定。"

陌生人听他这么说,就掏出手机,拨打了一个朋友的电话。

陌生人的朋友来了。没想到,这个人竟是艾力先生的熟人。朋友加熟人,很快就提出了一个调解方案。艾力先生却说什么都不接受调解。

艾力先生的熟人们都听说了这件事,都跑到医院来看望他,顺便也劝他,还是私了为好。

艾力先生板着脸说:"好什么好?熟人之间天天开 Party,还有心灵的空间吗?"

熟人们一个个低着头走了。出了门,便三三两两地议论开了:"看来,他把熟人当阴影了!""都不答理他,把他晒到河滩上,看他能怎么样!"

就这样,他把熟人——包括妻子,全都变成了陌生人。

不过,艾力先生却自我感觉良好。因为,他完全沉浸在与陌生人为伍的幸福中了。每天,都会有陌生的医护人员来为他换药、打针,让他倍感温馨。与陌生人相伴的体验,让他感觉空前美好。他甚至想到,不久的将来,开一家"陌生人心理诊所",自己亲自坐诊,指导芸芸众生。

斗牛节

秦德龙

　　乡里准备向西班牙人学习,搞个斗牛节。也就是"斗牛搭台,经济唱戏",把本乡的老黄牛宣传出去,让世界各地的人民吃上本乡的牛肉。

　　乡长说:"据我所知,咱乡的老黄牛,是最正宗的老黄牛。不但性格温厚,能干重活儿,而且肉质鲜美,芳香可口。但国际友人不了解我们,以为天下的老黄牛都一样,只会埋头耕地。我们举办斗牛节,就是要让全世界都知道,咱乡的老黄牛,集合了所有老黄牛的优点,是世界上最棒的老黄牛。说白了,我们也只能通过斗牛的方式,把老黄牛的优势宣传出去,让老黄牛与世界接轨,出口创汇挣美元。"

　　一听说老黄牛能出口创汇挣美元,乡干部们都拍手乐了。是啊,用老黄牛换美元,工资就不用愁了!乡干部们积极性都很高,骑上摩托车,下到各村发动老百姓去了。

　　很快,就确定了参加斗牛节的老黄牛名单,都是些高大健壮的公牛,母牛是不能参加斗牛节的。母牛即便肚子很大,也是不能拉到战场上去的。否则,流产了怎么说?

　　斗牛士的名单,也确定好了,是乡里有名的那些混混儿。须知,不是任何人都可以成为斗牛士的。庄稼人胆子小,况且,又是洋把戏,弄不好,把肠子捅出来怎么办?而混混儿就不同了,只要好吃好喝给钱花,混混儿就不再是混混儿了,而是一种特别能战斗的特殊人才。

　　乡中学临时改建为斗牛场。让全体师生组成拉拉队。斗牛节举办成功了,教育经费也就解决了,老师们又何乐而不为?

　　红布也发下去了,每个斗牛士发了一块。西班牙斗牛士都有红布。人家有的,咱也要有。不就是一块红布吗?大钱都花了,何必在乎小钱呢?红布,是可以让牛兴奋的,是必要的道具。

斗牛节这天,乡中学大院挤得人山人海,村村寨寨的人,都奔过来看热闹了。许多人还挑上土产日杂,摆到乡中学门口来卖。就连说书的、卖唱的、修家电的、交易牲口的,也跟着出场了,这样一来,节日的气氛就出来了,红红火火,喧闹非凡。

乡长上了主席台,举着大萝卜般的麦克风宣布:"斗牛节——现在开幕!"

从县里请来的响器班子,及时地奏出了《西班牙斗牛曲》,音调怪异而又狂欢。人们的心,忽一下,全都悬起来了。

紧跟着,斗牛场的大门打开了,一群老黄牛冲了进来。为了让老黄牛增强斗志,前一天就不给它们喂草料了。不然的话,它们不往前冲怎么办?斗牛场里堆着一些新鲜的嫩草呢。是的,老黄牛一冲进来,就看见了嫩草!老黄牛们吃起草来,吃得满嘴喷香。

在《西班牙斗牛曲》的伴奏下,斗牛士们挥舞着红布登场了。他们"哗哗"地挥舞着红布,显得煞有介事。可老黄牛们视而不见,只顾低头吃草。仿佛斗牛士不存在,仿佛红布不存在。它们的眼里,只有地下那些嫩草。而且,是现成的嫩草,啃都不用啃,叼到嘴里就吃了。

这可怎么办?斗牛,斗不起来!

直到地上堆着的嫩草全都吃光了,斗牛,也没斗起来!老黄牛们温情脉脉地靠拢在一起,就是不肯与斗牛士共舞。

斗牛士们累得满头大汗,显出了几分沮丧。

乡长手一挥,立即启动应急预案,给拉拉队和围观的群众发红布,每人发了一块。乡长让大家挥舞着红布欢呼,声势浩大地欢呼,刺激老黄牛,让老黄牛疯狂起来,与斗牛士共舞。

可是,老黄牛仍然表现得很麻木,似乎不明白这些人要干什么。

乡长只好启动第二套应急预案了。只见乡长打了个手势,小混混儿扮作的斗牛士退出去了,从场外换进来一拨儿屠夫。这些屠夫,皆是红袍加身,手持亮刃。屠夫都是杀牛的高手,一伸手就把牛逮住了,照着牛脖子,扎下了刀子。

牛们终于疯狂起来。牛们身上带着刀子,在场地里疯狂奔舞。激动人心的时刻总算来到了,响器班子将"斗牛曲"吹奏得越发癫狂了。屠夫们对着老黄牛手舞足蹈,火红的身段翻滚着,如同熊熊大火。围观的人们欢声雷动,挥舞着红布,组成欢乐的海洋。

　　很快,屠夫们就将那些老黄牛杀掉了,杀得干干净净,剔了骨头,放了血水,撑开了牛皮。

　　斗牛节胜利闭幕了。

　　县电视台播放了这条富有经济特色的本地新闻。新闻片子送到了省电视台,希望省台能在黄金时间播一播;省台播了,再往中央台送,一级一级来。可省台一直没给播。

　　乡长亲自去省电视台活动了。

　　省电视台的人说:"什么斗牛节? 简直是胡闹!"

　　乡长不解:"怎么是胡闹呢? 我们是有组织、有计划的。每个人都发了块红布,杀牛的还穿了身红袍,气势相当壮观!"

　　"你以为牛看到红色就亢奋了?"

　　"西班牙斗牛士的手里,不就是有块红布嘛!"

　　"牛是色盲! 知道吗?"

　　"什么? 牛是色盲? 那西班牙斗牛士拿块红布干什么?"

　　"什么红布? 那叫穆赖塔,正面是红色,反面是黄色,是西班牙国旗的颜色!"

　　"是吗? 我怎么不知道呢?"

局长唱歌一等奖

曹宁元

赵局长喜欢唱歌,喜欢唱歌的赵局长专爱唱外国的歌,专爱唱外国歌的赵局长每每拿一等奖。

原先,赵局长不会唱歌,他怕唱不好,决然不学。他说过,想办的事就要办得顶好,不然干脆不办。这是赵局长的一个显著性格特点,周围都知道。

那天,市外贸局的胡副局长前来海岛调研,显然,作为县外经贸局的局长——赵局长理应全身心地陪同。得知胡副局长爱好唱歌,当晚,赵局长热情地请胡副局长来到"蓝天白云"歌舞厅唱卡拉OK。

霍!这是一间面积为五十平方米的贵宾包厢,装饰豪华,金碧辉煌。音响、液晶电视等设备齐全。软绵绵沙发前的茶桌上,去了皮切成块的西瓜、芒果、龙眼、葡萄之类新鲜水果丰盛,还有两瓶法国酿造的高档红酒和一条中华香烟及系列饮料。不一会儿,飘然进入三位靓丽的小姐,亲热地依在客人身旁。

胡副局长非常高兴,幽默地说:"客随主便嘛,按老规矩,第一首歌得由主人先唱罗!"随之"扑哧"一笑,将话筒递给了赵局长。

赵局长木然接过话筒,抓头挠腮,楚楚地哀求道:"喔哟,厅长大人,我不会唱歌哪,真的不会唱哩!"

"咦,说什么呀,当今哪儿有当局长的不会这个?既来之就唱之呗!"胡副局长笑呵呵地说。

赵局长抹了一把汗,无奈地点了一首《真心真意谢谢你》。音乐骤起,赵局长断断续续仅唱出三句半歌词,其余是跟随节奏哼下来的。这下,胡副局长心里总算明白了。

"嗯,音质不错嘛!来,给你颁奖!"胡副局长递上一杯红酒,"当"的一声,双方一饮而尽……

翌日,胡副局长要返程回市城,在送别的码头上,他笑眯眯地拍拍赵局长的肩膀,直截了当地甩下一句话:"搞外经贸的不会唱,不会跳,不会喝……咋行? 咱们可都是不敢落伍的人呐!"

胡副局长话中有话,这使赵局长惭愧不已,真有点儿无地自容。

是啊,眼下的官儿喝酒、唱歌、跳舞三点成一线,这不都是工作需要嘛。

喝酒、跳舞赵局长早就会的,只有唱歌,像他这样灵光的脑子,只不过是起初自己不想学而已,一学准会。赵局长身边的人总是这么帮腔。

果然如此。不久后赵局长出国到西非考察,期间,一道灵感豁然闪现。归来之后,他真像换了一个人似的,竟然爱上了唱歌,而且专爱唱外国的歌。

初春的一天,东岙镇召开大力发展工业经济动员大会,特意邀请赵局长光临。恰巧,东岙镇经贸办主任与赵局长是老同学。中午聚餐时,赵局长本想少喝一点儿,可老同学不让,说下午安排是观看文艺演出比赛,多喝一点没问题,非让赵局长满载而归。

文艺节目等候赵局长他们开始。在支持人的提议下,首先全场以热烈的掌声欢迎赵局长上台讲话。

赵局长跟跟跄跄地走上了台,在集束灯光下,满脸绯红。他嘘了一口气,定了定神,无所顾忌地说:"下午是看文艺比赛,经济方面的事,上午我已经讲了,现在不讲了。下面我给大伙唱一首外国歌吧,在西非学的,助助兴,如何?"

"哗……"雷鸣般的掌声骤然响起。

老同学目瞪口呆,谁都知道,赵局长是从来不会唱歌的呀! 何况是外国歌呢,今儿是不是真的喝高啦?

"看来咱局长要出洋相罗!"赵局长的随从窃窃私语,手足无措。

这时,台上赵局长宏亮的歌声已经响起:"巴得里,咪得西,格得奔亚古希,哆得索露里嗬,索露啦……"

顿时,台下鸦雀无声,仿佛醉倒一片似的。呦! 评委们也被镇住了,不禁瞠目结舌,赞不绝口。

这儿小岛上的人们从来没有听到过西非国家的歌,虽然听不懂歌词的意思,但感觉蛮好,那歌声宛如鸟儿在自由飞翔,又像涧水沽沽流淌,非常古朴,非常诧异,非常甜美,非常新颖……

下午四时许,文艺节目比赛在"团结就是力量"的雄纠纠大合唱歌声中降下帷幕。根据镇领导特事特办指示,经评委认真研究一致通过,赵局长获得了原声清唱一等奖。

赵局长上了电视,上了报纸,消息传开,小岛轰动。

继后,西岙镇的、高丰镇的,马炮社区、直属外企等多家单位纷纷邀请赵局长光临参加文艺汇演、文艺比赛、文艺指导,赵局长洋洋得意,精神振奋,越唱越红。无疑,一等奖总是非他莫属。

一次,"世界海岛非物质文化遗产"考察团来到了县里。晚宴期间,王县长特意吩咐赵局长献上一首外国的歌。赵局长一怔,哪儿敢怠慢,立马"啊——喔——"清了清嗓子,接着便敞开喉咙深情清唱:"桑米丽盟,汉足,黄嘟里木登朗……"

一曲下来,见老外使着劲儿鼓掌,还竖起大姆指连声"OK",赵局长悬在嗓门上的心总算归到位。

王县长美滋滋地嘬了一口酒,随即用英语问坐在身边的一位大胡子老外:"哈罗,他(指赵局长)唱得是哪个国家的歌?"

老外捋着胡子彬彬有礼回答:"OK,是你——们——中国——的——歌。"

王县长听罢,一脸茫然,难道国际考察团的老外连哪个国家的歌都听不出来? 他连忙补充道:"唱的是西非一首古老的民歌呐。"

老外摆摆手说:"NO,NO! 这是中国——地方——特色的歌。"

顿时,王县长惊讶地瞪圆了眼睛,倾刻恍然大悟,原来是赵局长在胡乱瞎编瞎唱戏谑人哇! 他陡然蹙了眉头,狠狠地白了赵局长一眼。赵局长赤红着脸,诚惶诚恐,怦然心跳。王县长快速应变转换话题,避免了现场的尴尬局面。

第二天上午,有人看见赵局长耷拉着脑袋,悄悄地把那些唱歌得来的奖品主动上交到了县纪委。

没事别夹包

李忠元

张三这两年买卖做得很顺,生活滋润,腰包渐鼓,品味也立刻蹿升起来。人靠衣服马靠鞍。为了提高自己的品位和身价,他不惜重金买了个纯牛皮的夹包,有事没事就夹在腋下,有模有样地摇摆在大街上的人群里,确实招来许多艳羡的目光。

张三深刻体会到这夹包的功用。以前大家都喊他张三,可自从自己夹上了包以后,大家都异口同声地喊他"张老板"。真可以说这夹包为张三赚足了面子,可张三也有难言之隐,自从自己夹上了包,桩桩怪事便接踵而至了。

那天深夜,醉酒后的张三步行回家。当他摇摇晃晃地穿越那条狭长的小巷时,突然脑袋像被什么东西敲击了一下,张三觉得眼前一黑就人事不知了。待张三醒来,那夹在腋下的包还扔在自己的身边,张三大喜过望,马上捡起包来,掸了掸上面的尘土。打开包时,张三发现刚才结饭费时剩下的五元零钱不翼而飞了。张三丈二和尚摸不着头脑。咋回事呢?无意间,张三的手触到了自己头上渐渐鼓起的一个肿包,发现不远处的地上还有一块砖头。张三左转三圈,又右转三圈,可没发现附近有人,张三便没多想,也许是风大从谁家房顶刮下来的,正巧砸在自己脑袋上的吧!

"真他妈倒霉!"张三骂了一句,夹着包回家了。又过了几天,张三外出签订单晚归,空旷的街上寂静无人,张三从客运站夹着包往家里走,心里的高兴控制不住地往外溜达,可刚打了一声口哨,张三突然觉得自己的眼前又是一黑,又晕了过去。待张三醒转过来,他揉着头上肿起的包包,感觉有些麻木的疼,他哈腰捡起地上他视若珍宝的夹包,重新夹在自己的腋下,继续向家里走去。张三不必看包了,包里本来就没有多少钱,而自己又是个爱花钱的主,往往一天下来自己的包里总是所剩无几,钱财少得可怜。即使丢了,被抢了,张三对那十块、八块的钱也不是很在乎,只要这值钱的夹包不丢,张三就感到是种万幸了。

就这样,张三的脑袋隔三差五地肿起大包来,张三也琢磨不透这事儿,是不是着了道了,莫不是真的遭遇了抢劫? 头上包起包落,张三感到这确实对自己的生命构成了一种潜在的威胁。

一次同学聚会晚宴。酒过三巡菜过五味,一位公安局的警告大家:"近期出门千万注意,县城来了一伙流窜抢劫团伙,专趁黑夜见有夹包的就偷偷一砖头拍晕,然后抢劫财物而去……"

正在一边侧耳倾听的张三,听到这儿不觉恍然大悟,"啊"的一声惊呼。这一声吸引了大家的目光,大家不约而同地盯着张三和他的夹包,开玩笑似的问:"张老板,有情况吧? ……是不是你挨拍过呀?"

"没事,没事,哪能那么巧呢!"张三爱面子,慌忙加以掩饰,可脸上却觉得火辣辣的,烧得分外难受! 要不是喝酒了,大家一定会通过红头胀脸的面相瞅出他的破绽来,那样岂不是很难堪,很没有面子嘛!

虽然只有几步路远,饭后回家张三还是选择了打的,而且让司机把车停在了家门口。

第二天,张三把自己的夹包恋恋不舍地锁进了书柜。他也不想让这夹包再来惹事生非了。

不夹包的张三一身轻爽,再也不必担心走夜路了。说来也奇怪,不夹包的张三再也没遇到过可怕的袭击,一连数夜走在街上张三都安然无恙。

"张三,张三,你的夹包呢?"走在大街上,多数人又都喊起了"张三"这个名字。

"难道夹包的作用真就这么大吗?"张三有些犹豫了,他私下里反复琢磨,最终还是做出了果断的决定:他又重新夹上了包,风风光光地走街串巷。

"自己小心便是!"张三不住地告诫自己。

"张老板!"见张三夹上了包,人们又恢复了以前的叫法,大老远地打招呼,张三的脸上不觉又绽放出了笑容。

可不幸的是,当晚张三恰逢酒后走夜路,就被砖头拍成了脑震荡,住进了医院。

张三苏醒后,二话没说,拿起自己珍爱的真皮夹包,用力地从医院的窗户扔了出去……

事情原来是这个样子的

葛长海

建平从部队复员回来,每逢开口说话时就多了一句口头禅——事情原来是这个样子的。两年的部队生活从表面上看没改变他什么,就像我们站在河边看不出今日之水和昨日之水有什么区别一样。有人揶揄他:"你不是说要考军校,在部队发展,不混出个样子决不回家乡吗?"建平不紧不慢道:"事情原来是这个样子的……"

刚从部队复员的建平保留了一些军旅习惯,每天早上一个人早早起来跑操;走起路来直碾碾的,虎虎生风;最重要的是他非常注重个人卫生,成天收拾得浑身上下纤尘不染。和村子里其他年轻人比起来显得卓尔不群,用个流行词来形容他就是他很"阳光"。阳光男孩在乡下自然很抢眼,很快,建平像同龄人一样定了亲,对象是村东头赵光洋老汉的女儿彩莲。

过罢年,别人都出去打工的打工,做生意的做生意,只有建平稳坐钓鱼台,生活照旧。赵光洋沉不住气,问彩莲怎么回事。彩莲说:"建平说过罢清明再出去。"赵老汉想想,也对,人家爹去年春天去世了,生前最后的日子,做儿子的未能尽孝,给父亲办过一周年再出去也在情理之中。清明过后一礼拜,建平依然没有动静。这下,赵老汉没急,彩萍却坐不住了。她私下里约会建平,质问他:"怎么还不出去挣钱,想当'饿老等'呀?"建平慢吞吞道:"事情原来是这个样子的。我在部队报过自考,现在还有三门功课没过关,考试马上就要到了,我想考试过后再出去。"这次,彩萍主动跟父亲汇报了建平为什么还不出门挣钱的原因,父亲听后也没说什么。考试过后,建平倒是出去了,出门转了两天,用复员费抱回一台电脑,然后就整天憋在家中上网,连和彩萍的约会也顾不上。

赵老汉闻讯大怒:"什么人?电线杆子。闺女,跟他断了!"彩萍忙找建平说明来由,建平也慌了:"事情原来是这个样子的,我这就出去。"

建平出门后,钱没挣几个,闹的笑话倒是传回家一大堆。先是建平给包工头打小工,给城里的人建两层楼的住宅。没干几天,建平便对带他出来的同村的刘大年发牢骚:"咱干的活儿,没有劳动保护怎么能行?不说支防护网了,最起码也应该给咱发手套和安全帽。"刘大年知道他书生气又犯了,就学着他平日里的腔调怂恿他道:"事情原来是这个样子的,你不说我还真不知道。这么着,我跟着人家干的时间长了,掰不开这脸,你刚来,去跟工头建议建议?"建平心里颇熨贴,毫不犹豫道:"好。"建平找到包工头说:"事情原来是这个样子的……"

包工头微笑着耐心听完建平的建议道:"好!非常好。事情原来是这个样子的——你,屎壳郎搬家,立马给我滚蛋!"

后来,经人介绍,建平到一家中型超市当保安。冬天一到,有一段时间,超市里经常丢东西,经理要求保安们提高警惕,并说谁要是抓住一个小偷,不管该小偷偷的东西价值多少,立即奖给抓住小偷的保安现金五百元。建平尽职尽责,终于率先抓住一名小偷。这名小偷操外地口音,有十六七岁,他在建平铁钳一样的手掌里抖瑟得像风中的秋叶。经理闻讯赶来,连日里憋屈的郁闷之气令他须发戟张:"揍他,出了事,我负责!"建平说:"不能打,应该交派出所处理。事情原来是这个样子的,咱们揍他,犯法。"经理咬着牙笑道:"事情原来是这个样子的。"他对围过来的其他保安说:"给我打,奖金你们几个人分。"保安们嗷声扑上来,他们揍的是小偷,混乱之中,连建平也捎带上了。

建平鼻青脸肿回到家,村子里的人见了他的面都抿嘴笑。赵光洋老汉冲着女儿连连叹息:"青花红,涩柿子,中看不中吃!不懂个人情世故。你要当真嫁给他,将来的日子可怎么过?"彩莲想想心里也觉得气窄,但在婚事上她已有主见,心里想维护准女婿,嘴上就毫不掩饰:"看您说的,建平总不能眼看着人被打死吧。再说,他欠历练,历练得多了,慢慢地就学精透了。"赵老汉连连叹气:"女生外向,女大不由爷。"

建平在家养伤,伤未痊愈,就又到城里上班。这次,他是到148律师事务所上班。148律师事务所是司法局的直属单位,沾点公家气。能在那里面上班,体面不说,经济上基本也是旱涝保收。问题又出来了,建平这小子是怎么进去的?赵老汉不解,问女儿怎么回事。

彩萍抿嘴笑着说了原因。原来,超市打人事件发生时,市报的法制记者刚好在场,他目睹事情发生的全过程,回去后他以《糊涂经理糊涂打人,懂法保安依法护贼》为题作了报道。后来,为了写后续报道,又对建平进行了专访。在受访之时,建平亮出了自己自考的法律大专学历证书。记者给他提供了148所招聘见习律师的信息,劝他前去应聘。

听了女儿的陈述,赵光洋老汉愣怔半天,方始沉吟道:事情原来是这个样子的!

关于调整股市交易时间的建议

周 波

尊敬的证监会领导:

我是个公务员,不瞒你说,我暗地里也炒股,但我们机关里规定公务员上班时间不能炒股。尊敬的证监会领导,我强烈建议调整现在的股市交易时间,不然我们这些公务员根本就无心工作,每天牵肠挂肚的滋味实在不好受。这个建议也是我周围公务员朋友的一致想法,他们的状况和我差不多。我的建议和理由如下:

一、取消白天股市开盘

昨晚我又是深夜才回家的,没办法,我们经常这样疲于应付各类应酬。今儿一早,酒精还沉沉地麻醉着我,老婆就在被窝里嚷开了:今天一定要盯牢股票,最近大盘危险。我何尝不担心呢? 为了股票家里如今是倾其所有全力以赴了。原先要买的新房退掉了,家里电视坏了也不去修了,爱美的老婆害怕逛街购物了,一日三餐以蔬菜为主了,连孩子的储蓄罐也空了。

我是单位的业务骨干,每天有忙不完的活。这不,一上班,脑子还稀里糊涂的我又被领导叫去写材料了。我本想说上午有事,不,有股事。可我能这么说吗? 谁有胆敢在单位公开说自己在炒股呀! 九点三十分股市要开盘,我要把所有的股票抛出去。尊敬的证监会领导,今儿早上的事我就不细说了,反正领导批评了我,说我材料写得一塌糊涂。股票是抛出去了,可大盘没如我老婆盘算的那样暴跌,我抛掉的股票最后全涨停了。

尊敬的证监会领导,如果你有耐心听下去的话,我再说说下午的事。本来晚上就没睡好,想在中午找个时间补充睡眠。但股市下午一点整要开盘,你说我能休息好吗？冬天还行，夏天就糟糕了。夏日听着外面蝉声嘹亮，我是哈欠连天地打开电脑强打精神。收盘前我的眼睛像灯笼似的张开着，收盘后我是经常趴在办公桌上打呼噜。我去年评了工作先进，领导和同事们夸我工作太辛苦，他们哪里知道原因哟！我还感觉到现在机关里的气氛有点不对劲，有几次我去别的单位办事，大家像避瘟疫似的避着我，我也不知道咋回事。

二、把股市调整为晚上交易

有这个想法是基于白天的苦恼。股还是要炒的，我只是建议换个时间炒而已，不然我们这些靠薪水生活的人何时能成百万千万富翁呢？

尊敬的证监会领导，股市放在晚上交易好处是相当明显的。理由 1. 对公务员来说是一次极大的自由解放，大家再不需为白天的股票操心，所有的人都能专心于本职工作。就说我吧，我可以安心地写材料，安心地去开会，安心地接待上访群众，安心地下基层，安心地睡个好觉。理由 2. 将对反腐工作起到重大推进作用。如果股市能调整到晚上交易，至少我会推掉可吃可不吃的酒宴，可唱可不唱的卡拉 OK，单位里的同事都知道我的喉咙不咋地，千古不变只会一首《梅花三弄》，我自己都感到厌恶了呢。每天晚上，我将自觉回到办公室和家里炒股（电费总比无休止的吃喝玩乐要节约吧），关键有这种想法的不只我一个，当然倒霉的是饭店和娱乐场所。理由 3. 将会挽救众多公务员的健康。说起这事我真是后悔死，前些年我身子一直很好的，大伙都说我是当兵的料。可这些年我不敢吹了，连我这种体质的人居然也被医院诊断出"三高"。如果股市能调整到晚上交易，我想我的生命会延长，不然我小命肯定难保。我老爸老妈有一回感慨地说：儿啊！你的医药费这几年像股市一样快涨停板了！理由 4. 促进家庭和睦。老婆总担心我在外面拈花惹草，俗话说：常在河边走，哪有不湿鞋。如果股市能调整到晚上交易，我肯定老老实实回家，和老婆形影不离地在家里研究股票，恩恩爱爱白头到老的海誓山盟就有可能实现。现在不是提倡建设和谐社会吗？家庭就是社会一分子。

三、增加双休日和法定节假日的交易时间

难得有个双休日,理应待在家里享天伦之乐,可实际上比平时还要忙。大家突然都闲下来了,有朋友邀请打牌打麻将啥的,不去嘛人家要说你架子大,去了嘛老婆孩子有意见。连看点书的时间也没有。如果双休日和法定节假日开放交易时间,那对公务员来说是个极大的利好,因为我们有理由推托了。当然交易时间不宜长,上午和下午各穿插个一个小时够了,否则也会影响我们的休息时间。

以上建议仅是个人并参照部分公务员意见综合而成,请证监会领导认真考虑并期待实施。

漏

周 波

去说了吗？她问。

还没。让我想想嘛。李四说。

想啥？家里都漏成这样了！不就是个局长吗？会吃了你不成？

唉！怎么摊上这种倒霉事？李四耷拉着脑袋只得出门。

李四住二楼，局长家在三楼。平时去局长家李四几步就到门口了，可今天腿像灌了铅似的。

该怎么和局长说呢？难道说房顶漏水是楼上局长的责任？可家里屋顶漏水了，不找楼上的难道去找楼下的？那可是自己刚装修过的新居哟！在门口，李四不停地手起手落，却不敢敲门。

这么快就下来了？说了吗？她问。

没。李四答。

你还是个男人吗？家里漏水了你也不敢去说说。她端着大大小小的脸盆，一边往地上摆放一边责怪他。再去说，这回不说你别想进这个家门。她很恼火，手里原本盛水用的一只塑料面盆重重地飞了出去。

李四只得又出门，他想好了，大不了让局长难堪，家门不能进，那事就大了。他腾腾地两步并作一步跨上楼梯，脚步很果断。

局长家里传出笑声，好像有客人，李四的勇气霎时被浇灭。

这时候进去显然不太合适，局长可能在谈工作呢，要不再等等。他想。

客人很快走了，局长开门时，李四躲到了四楼楼梯的转弯处。

放心吧，只是这东西……局长在门口说。

一点土特产，小意思。客人边说边笑，下了楼。

是呀，局长家能随便去吗？我得送点东西才对。李四想。

惊魂未定的李四又回了家。

去说了吗？她问。

来拿钱。李四说。

拿钱做啥？她又问。

你不懂的。他朝她一笑。

李四骑着自行车去商场。买些啥东西好呢？他猜局长家烟酒肯定很多，就想给局长的老婆买点东西。可一想觉得不对劲，又不是托局长去办事，无非是想说说屋顶漏水的事嘛。李四于是到水果店拎了一大包水果出来。一路上他直夸自己聪明，如此，既省钱又妥当。

李四来了呀，快坐快坐。局长打开门笑迎着说。

不坐了。李四微笑着说。

有事吗？局长关切地问。

没啥事，朋友送来水果，我拿点上来。李四说。

这么客气做啥，家里水果都烂了呢。局长哈哈笑着。

局长的笑脸让李四感到开心，他吹着口哨下了楼。

说了吗？她问。

说啥？李四愣愣地看着老婆。

漏水的事呀。她疑惑地看着他。

我怎么把漏水的事忘了？我给局长买了些水果送去。李四低着头说。

好你个李四，不去评理还送人家水果！你没看见家里漏成啥样了吗？她大叫起来。

咱们再检查一下是不是楼上的责任吧。李四说。

怎么有你这种无能的男人！我去楼上说。她大声地叫着。

她气冲冲地甩门而去，腾腾几下就跑到了局长家门口。她举起手想按门铃，可伸出去的手这会儿不知怎的停住了。

老公说得对，进去说啥呢？她想。

争吵肯定不行的，人家又不知道漏水的事，更不是故意的。再说，平时一栋楼内低头不见抬头见。当然更重要的是楼上住的是老公的领导，如果为了漏水的事坏了两家关系，是不是有点划不来？局长对自己家还算照顾的，前几天还帮忙解决了儿子读书择校的事。

她局促不安地站在门外，一脸的无奈。

哟，小黄在门外做啥？局长家的门突然打开，局长夫人面带笑容地问。

我……我在看电表，家里停电了。她很紧张。

这不是转得好好的吗？

是呀，现在好了。

你家李四真客气，刚才还送了水果上来，我家老张一直在夸他呢。

应该的，局长这么关心他，他当然要记得局长。她脸上带着笑。

去说了吗？李四见了老婆问。

说啥？她说。

漏水的事呀！他疑惑地看着老婆。

没说。她苦笑着说。

那你干吗去了，这么长时间？李四问。

我去了商场。她说。

也去买水果？李四好奇地问。

想买一个更大的塑料盆回来盛水。商场关门了，我明天再去。

我怎么睡着了

周 波

昨天我又睡着了。在会场里。

我不敢去单位,怕挨领导批评。会议结束后,我悄悄溜回了家。

在家里,我睡意全无,异常清醒,唯有满脑子的惶恐与不安。真是倒霉,怎么又睡着了呢? 我关闭手机,拔掉家里的电话线,甚至把家门也反锁了。我怕有人这时候来打扰我。

自己是代领导去开会的,台上坐的都是比自己领导职务更大的领导。我睡着了,也就是我的领导睡着了。你说,我的领导能饶了我吗?

领导,这是我的《检讨书》。

一大早,我敲开了领导办公室的门。

领导说:昨天开会又睡着了?

我搓着手不敢抬头:嗯,睡着了。

领导说:《检讨书》不看了——你又不是头一回写。

我尴尬地低着头又搓了搓手。

咋就又睡着了呢? 真是搞不懂你。领导说。

我不是故意的。我说。

你倒是提醒过我——你说你一进会场就想睡。我一直以为是玩笑。领导叹着气说。

我紧张地说:都是我不好,其实,我真的不想睡着。

领导说:你是不是得了嗜睡症呢? 可我看你平时精神不错啊。这样吧,以后你就不要参加会议了,我已指定别人接你班。

我说:谢谢领导! 我可能是得病了。

从领导办公室出来,我看见很多同事在笑我。

休息日的时候,我去了医院。我让医生仔细检查一下我的身体,我怀疑自己真得了病。

医生说我的身体一切正常。我说:这怎么可能呢? 医生坚定地说:真没病! 一个健康的人干吗非要说自己得病了呢?

我把医院的《检查报告》给老婆看。老婆说,你是很正常呀,我从来没感觉到你不正常。不过,你这个人脑子肯定有毛病——会场里怎么就睡着了呢?

我说:谁想睡呀? 你知道我当时有多痛苦吗? 我拧胳膊拧腿,还用手抓头发,不停地转动身子。我使出了所有的方法与力气,都不管用。

老婆用手拧了一下我的脸说:现在困吗?

我说:不困。

老婆笑着说:出去走走。

老婆把我领到那天开会的地方,会议室的门正好开着。老婆叫我坐下测试。

几分钟后,老婆问:困吗?

不困。我说。

老婆又带我去了另一个开会的地方,我和老婆站在门外偷听。我打了一个大大的哈欠,我感觉会场里有股难闻的气味冲出来,像不抽烟的人闻到烟雾一样难受。

现在困吗? 老婆看了看我,又问。

不困,不过心里有点烦,浑身有点麻木感。我说。

晚上,老婆和我一起去看电影。电影院里,大家全神贯注地看着银幕。

老婆悄悄问:现在困吗?

不困,这电影好看。我说。

回家的路上,老婆一路哈哈大笑。我莫名其妙地看着她。老婆说:你的确得了病。

我是有病,可医生说我没病。

我再不用去外面开会了,这让我很开心。不过,单位里的会还是要开的。我依然一开会就犯困,虽然领导讲的很多话与我工作有关。

那天,单位里又开会了。我在重重地打了一个哈欠后,开始给每位同事沏茶。大伙儿惊慌着起身说:哪能让你给我们沏茶呢? 我说:没事,一倒水,我就不瞌睡了。以后开会沏茶的任务就交给我来做吧,运动中我一直很清醒的。我的话引来同事们阵阵笑声。我看见领导的眉头皱了一下。

只要单位里开会,我就主动要求给大家沏茶。我对临时工小黄姑娘说,这活儿以后交给我吧。小黄开心地向我道谢。

年终我被评上了先进,我压根儿也没想到自己能当先进。

这怎么可能呢? 比我工作好的同志多的是。我一脸疑问。

让你当就当吧,咱单位评先进可是年年民主投票选出来的。大伙儿说。

那天,单位开总结表彰会议,我给大家沏完一圈茶后,又在会场里睡着了。

醒醒,你被评上先进了,领导刚才宣读文件了。同事恭喜我。

对不起,我的病又犯了。我说。

领导说:每位先进工作者讲几句吧。

我怕自己又睡着了,就抢着第一个发言。我说:今年我尽管做了很多工作,但离领导和同志们对我的要求还差得很远,争取明年把开会睡觉的毛病改掉。

自动离婚服务器

徐常愉

　　不知从哪一天起,大街上随处都可以看到自动离婚服务器了。这种机器的构造并不复杂,不过是一台电脑安装上了自动办理离婚手续的程序而已。它的最大优点是,它只需要当事人中的一方来操作就可以达到离婚的目的,从而,避免了许多麻烦。

　　于是,有一天,我强压满腔怒火站在了一台自动离婚服务器前,果断地启动了机器。屏幕上立刻出现一个对话框:"请确认您的性别。"

　　我按下了"女"键。

　　屏幕上出现一句问话:"您确定要和您的丈夫离婚吗?"

　　我决然地按下"是"键。

　　"您丈夫犯了不可饶恕的错误吗?"

　　"是。"

　　"请选择您丈夫犯下的错误:

　　A.包二奶　B.赌博　C.酗酒　D.偷盗……其他。"

　　我怒气冲冲地选择了A。

　　"您对此很生气吗?"

　　"是。"

　　"您会因此永远不原谅您丈夫吗?"

　　"是。"

　　"您觉得您丈夫一无是处吗?"

　　"是。"

　　"为了获取更多的您与丈夫离婚的理由,请您认真并如实回答下列有关您丈夫的一系列问题。"

"好。"

"您丈夫下班后经常很晚才回家吗?"

"是。"

"您丈夫的手机时刻不离身吗?"

"是。"

"您丈夫对您的态度越来越冷淡了吗?"

"是。"

"您丈夫很懒吗?"

"是。"

"您丈夫经常帮您父母干活吗?"

"……是。"

"您丈夫很少带您和孩子去公园玩儿吗?"

"是。"

"您丈夫是单位的优秀工作者吗?"

"……是。"

"您丈夫很粗心吗?"

"是。"

"您丈夫总是记不住您的生日吗?"

"……不是。"

"您丈夫经常过问你每个月花多少钱在做美容和买化妆品上吗?"

"……不是。"

"在您朋友眼里,您丈夫很丑陋吗?"

"……不是。"

"您的孩子很烦您的丈夫吗?"

"……不是。"

——怎么总问些无聊的问题?

"您丈夫睡觉时鼾声如雷吗?"

"不是。"

"您丈夫一周只洗一次脚吗?"

"不是。"

"您丈夫有严重的腋臭吗?"

"不是。"

——真恶心!

"最后一个问题是关于您的,您确定自己从来没有犯过错误吗?"

"……不是。"

"对不起,您输入的信息前后矛盾,本机无法为您办理离婚手续。"

——离不了,算了。真麻烦。

玩笑

乔 迁

　　张明是在胡同口碰见同事刘美的。张明碰见刘美时天已经很黑了。张明和刘美走了个对头碰,由于天太黑,刘美眼睛又近视,就没瞧出张明来。正因为刘美没瞧出张明,张明才决定和刘美开个玩笑的。张明把头上戴着的帽子往下一拉,挡住多半张脸,冲着走到眼前的刘美低吼一声:"站住!把钱拿出来!"

　　刘美猛地顿住脚步,接着张明手中一沉,一个钱包落在了张明的手中。张明一下愣住了,没想到刘美既没喊也没叫就痛快地把钱包掏了出来。到底是女人啊,难怪被抢的大都是女人呢!抢劫犯碰上刘美这样的女人还不乐坏了。

　　就在张明一愣神的工夫,刘美已转身飞快地跑走了,等张明回过神来,刘美已经跑出胡同口,没了踪影。张明心里忍不住好笑,想不到刘美碰到劫道的竟是如此胆小怕事惊慌失措抱头鼠窜。张明决定明天上班时再把钱包还给刘美,而且还要好好逗一逗刘美的。

　　张明第二天来到单位,刘美还没来。单位的人渐渐都来了,可就是没看到刘美的身影。直到上班时间过了,也没看见刘美。张明想逗一逗刘美的心思就有些不轻松了,想可别是昨晚的玩笑把刘美吓坏了啊。

　　张明心里正忐忑不安呢,刘美来了。张明仔细观察了一下刘美的脸色,还好,看不出惊吓过度的。张明不轻松的心情立刻又轻松起来,走过来笑嘻嘻地问刘美:"钱包遭劫了?"

　　刘美一愣,表情惊讶地望着张明说:"你怎么知道的?"

　　张明故做神秘地一笑说:"我当然知道了,我还知道钱包在哪。"

　　刘美表情更加惊讶地望着张明说:"你知道我钱包在哪?你认识那个抢

我钱包的人？"

张明哈哈地笑，笑得眼泪都快迸出来了说："我当然知道你钱包在哪了，那个抢你钱包的人我不仅认识，你也认识，而且还很熟悉呢！"

刘美吃惊不已地说："我熟悉？是谁？你不是开玩笑吧？"

张明乐得不行地说："真的，你太熟悉了，他就是跟你开个玩笑……"

刘美脸色一下凝重起来说："如果真是熟人，玩笑可就开大了，我报案了。"

张明像被突然噎住了似的咔住了笑，惊说："你报案了？"刘美点点头。张明连忙从兜里把刘美的钱包掏出来，慌急地对刘美说："你怎么能报案呢？是我呀，我昨晚跟你开玩笑的，我只是想吓唬一下你，谁知你扔下钱包就跑了。"

刘美望着张明手中的钱包，目瞪口呆。刘美缓过神来，也急了地对张明说："你怎么什么玩笑都敢开呢？你差点没吓死我你知道吗？我哪里知道是你跟我开玩笑啊！我钱包遭劫了我能不报案吗？"

张明立刻扯起刘美就走说："快，赶紧去派出所把事情说清楚，要不然我就真成抢劫犯了。"

张明和刘美急急忙忙来到了派出所。负责刘美抢劫案的警察听完张明的解释，目光满是疑问地在张明的脸上扫了几遍后，一转头问刘美："他把钱包拿出来时是你说已经报案了前还是后？"

刘美实话实说："是我说已经报案了后。"

警察目光立刻审视罪犯似的扑了张明的脸上，威严地说道："你们这种人我办得多了，专拣熟人下手，被认出来了就说是开玩笑的，认不出来又不报案你们就得手了。"

张明心里咯噔一下，问题严重了，这个玩笑看来是真的开大了。张明忙对警察喊道："冤枉，冤枉，真的是开玩笑啊！"张明忙把目光转向刘美求助说："刘美，你说我们是不是开玩笑啊？"

刘美有些迟迟疑疑地说道："应该是开玩笑吧！"

刘美迟疑的回答显然是受警察刚才的话影响了，张明痛心疾首地对刘美喊道："怎么能是应该呢？就是开玩笑吗！"

警察立刻严厉地训斥张明道："喊什么？还想威胁受害人呀！"

张明立刻像泄了气的皮球瘪了，浑身无力，有些冷地说："我真的就是开个玩笑啊！我就是开个玩笑啊！"

警察不理会张明喊冤叫苦的,胸有成竹地说:"这个案子不能撤,对你还要进一步调查,我们不会冤枉一个好人,但也不会放过一个坏人。"

张明感觉天旋地转的,有种站在悬崖边上往下看的感觉。

一天后,张明被领出了派出所。把张明领出派出所的除了刘美外,还有单位领导。领导铁青着脸,一言不发。领导是对张明一言不发,对警察是发了不少言语而且是好言好语的,否则张明也不可能从派出所被领出来。张明感恩戴德又胆战心惊地跟着一言不发铁青着脸的领导回到了单位。走进单位,张明看到同事们都在看他,面目表情分明都是鄙夷和厌恶的,同事们已经把他认定成了一个罪犯了。张明心里凉飕飕地跟着领导进了办公室,张明原以为领导会对他大发雷霆,但领导没有,领导只对他说了一句话:"你调换一下岗位吧,收发室的老王不干了。"

张明就感觉天突然塌了下来,压得他眼前发黑喘不上气来。

回到家,张明看到妻子正在收拾东西,像要出门。张明就问妻子:"你干什么去?"

张明妻子抬起头,脸上挂着泪水痛恨地对张明说了一句:"我不能跟一个抢劫犯生活在一起。"

张明愣怔了一下,苦笑着说道:"好,好,有谁能开出这么好的一个玩笑呢!"

亮点

曾祥伍

酣睡中的马书记被一阵手机铃声吵醒了。

他掀开手机,一看是办公室来的电话,就摁掉了。可是不一会,手机铃声又响了起来。他不耐烦地说,吵什么吵,天塌了吗。

马书记昨天晚上在镇政府旁边的酒店里陪客人玩了一个通宵的麻将,现在正瞌睡呢,也难怪他生气。

电话那头说,马书记,刚才接到县政府办公室的电话通知,下午县长要到咱们镇调研呢,你看这事如何安排才好呢?

听了这话,马书记不敢怠慢,瞌睡也早已跑到九霄云外去了。他一边在电话上要办公室通知班子成员马上集中,一边赶紧翻身下床。

等他赶到会议室的时候,班子成员都已经齐刷刷地在等着他了。

马书记说,刚才我已经跟县政府办公室金主任通过电话了,县长这次来我们镇调研,采取点面结合的方式进行,面上就是听取当前我们清水镇各项工作的进展情况汇报,点上嘛,则要深入实际了解农民增收的情况。金主任特意交代说,农民增收工作是县长一直以来都十分关注的一个大问题,要我们一定找准亮点。

于是大家就搜肠刮肚地想,目前清水镇在增加农民收入方面到底有什么亮点呢?

最后,镇长眼睛一亮,说,我想起来了,镇政府旁边有个叫王老啥的农民,是一个养猪专业户,我曾经去看过,猪养得膘厚臀圆,很有典型性,应该是我们镇最大的一个亮点了。

马书记听了,觉得还不错,当场拍了板。面上的工作由他负责向县长汇报,镇长负责去做好点上的工作,看看有什么需要完善的地方,包括教王老啥在领导面前怎样说话,不要丢了面子。

大家就分头准备去了。

下午,几辆轿车开进了镇政府,县长在县里几个职能部门负责人的陪同下走下车来,在镇会议室听取马书记汇报后,提出要看看典型。

于是,县长在马书记等一帮人的簇拥下,来到王老啥家。

县长亲切地跟王老啥握了手,然后就去看王老啥养的猪。大家看到,王老啥的猪圈里,确实养了不少猪,少不下三四十头吧。一头头肥头大耳、油光毛亮,十分逗人喜爱。

同行的县畜牧局局长看到王老啥的猪养得确实不错,突然来了兴趣,就问:"王大爷,你的猪养得这么好,一定有什么好的饲料配方吧?"

王老啥听名字你就知道,是一个没见过世面的人。加上刚才又跟县长握了手,一高兴,就把镇长交代过的能不说话就不说话的原则忘了。他说:"我没有什么好配方呀。"

畜牧局长不相信,就开导说:"王大爷,你不愿意说出配方可以理解,不过我看王大爷是个明白事理的人,你想想,全镇乃至全县就你一个人养猪养得那么好,就你一个赚钱多,可是你一个人富了不算富,你若把配方贡献出来,让大家的猪都养得好长得快,让大家都富起来,才叫共同富裕。"

王老啥一个劲地摆手说:"我真的没有什么配方。"

"那你每天给猪喂些什么饲料?"畜牧局长进一步启发他。

"有时候喂鸡鸭鹅肉,有时候喂鱼鳖虾蟹,春冬季喂白酒,夏秋天喂啤酒。"王老啥说。

哦?这倒是个新奇的喂法,王老啥的话把大家都吸引住了。

"那成本太高了呀,你喂得起吗?"县长也来了兴趣。

"一分钱的成本也不用花。"王老啥一本正经地说。

大家更是不解了。

这时候,马书记似乎觉察到了点什么,但是已经来不及了。

只听见王老啥又说:"我儿子在镇政府旁边开了一家酒店,叫我去帮着做事。来酒店吃饭的大多数是机关的工作人员,喜欢讲排场,要得多吃得少。我看着可惜,就把他们吃剩的残汤剩饭全收了来,我家里人口少,吃也吃不了多少,只好拿来喂猪。去年我的一头猪因啤酒喝多了,还喂成了啤酒肚呢。"说到这里,王老啥被自己的幽默逗乐了,"嗬嗬"地笑了起来。

所有在场的人,一个个的表情比哭还难看。

网络时代的激情

翠微无住

"来啦,平安夜没出去玩?"

"和老公转了一圈就回来了,没啥意思。你们呢?"

"陪太太简单吃了顿饭,想你了所以赶回来找你,嘿嘿。"

"烛光晚餐吗? 浪漫哟!"

"马兰拉面。"

"真的想我啦?"

"想。"

"为啥会想我呢?"

"第一,你在那儿,可供我想。第二,想你,我有激情。"

"啥叫激情?"

"你等等……查到了——强烈的、具有爆发性的情感。"

"哈哈,听着怪吓人的。"

"别怕,有我呢!"

"怕的就是你。"

"放心,隔着光缆我能干啥,再强烈、再爆发也无非是010101。"

"有道理。"

…………

"你总在网上爆发情感吗?"

"这么说吧,每当夜深人静时,我的情感就顺着光缆向祖国各地蔓延。"

"哇! 你太太不管你吗?"

"她还正聊得欢呢。你和你先生如何?"

"唉,也差不多。"

"你们有激情吗?"

"曾经有,可现在没了。你们呢?"

"Me,too。"

"你说为啥就没了呢?"

"时代使然。"

"怎么讲?"

"黑白年代的激情是彩色的,彩色年代的激情是黑白的。所以,我们好像得到了很多,其实,我们也正在失去很多,而且失去的往往才是最销魂的。"

"哇! 好深刻呀! 崇拜。"

"别,深刻早就是个贬义词了,现在是'大愚若智'的人才能成为偶像。"

"哦。"

…………

我起身泡了壶咖啡,又替太太端去一杯矿泉水,她趴在床上用笔记本上网。今儿好玩吗? 我问。还行吧。她轻轻地说。我便不紧不慢地走回书房,去继续寻找那网络时代的激情。

"你网恋过吗?"

"说没有你信吗?"

"不信。"

"不信算了! 尽管我也不信。"

"哈,就知道你不是个好东西。"

"不,我是素地儿荤面,属于'好东西'之列。"

"你呢?"

"那我就是素馅儿荤皮了,彼此彼此,嘻嘻。"

"这么说咱俩还有点儿小缘分呀,来吧,简单拥抱一下。"

"呵呵,来,我伸出双臂啦。"

"这回不怕我——强烈的、具有爆发性的情感了?"

"怕啥,反正是010101。"

…………

"我忽然有种想见你的冲动,而且特别强烈!"

"现在???"

"对,就是现在——基督降临的第 2012 个夜晚。你能出来吗?"

"这……我想想。"

"别想了,出来吧,看在上帝的份儿上,趁我这刚出炉的情感还热乎着。"

"你能出来? 你和太太怎么说?"

"就说出去喝酒,哥们儿叫呢。"

"那我也试试吧,要不你打一下我手机,我就说同事非叫我去唱歌,他大概会同意的,号码是139010××××。"

"太好了! 对了,你住海淀区哪里? 我去接你,咱俩去喝酒。"

"嗯,我在翠微路。"

"翠微路! 太巧了,我也住翠微路。"

"真的吗? 不会吧? 那可真是太巧了!"

"你住几号?"

"二十号。你呢?"

"天,咱俩住一个院儿! 这……这是上帝的安排吗?"

我把手从键盘上挪开,把剩余的咖啡倒进嘴里,然后懒洋洋地打了个哈欠。在圣诞节即将到来的一刻,我一脸的无动于衷,不像有什么特别的事要做。

"喂,怎么不说话了……被太太发现了?"

"喂,说话呀你……说话!"

行啦,别叫了。我冲卧室嚷了一句。

讨厌,你怎么不玩了? 太太边说边从卧室走出来。

困了,想睡觉。我回答。

你还没说这是不是上帝的安排呢?

行了,咱睡吧,明儿一早还上班呢。我又打了一个哈欠。

瞧你,干啥都没有激情!

不是说了嘛,网络时代的激情是黑白的,洗洗睡吧。说完,我关闭了电脑。

这一夜,托上帝的福,也加之刚才的游戏,我俩凑合产生了点儿激情。但是,它仍然很少,我们仍要去四下寻找……

我忽然又想起件事儿,很重要:激情是什么?

学习

王永玺

　　秦书记扫一眼通知,说,还让老张去吧。冉秘书说,这次要求带身份证,每堂课人证核对。秦书记皱眉,他绝不去受那个囚徒罪。去年派了计生办小柳去,那孩子蹦蹦跳跳扭扭唱唱没个领导派头,半路给查出撵回来,只好又派办公室老张,好歹才顶了下来。可那老张小眼长脸和自己模样相差甚远,这次他去明显不妥。伙房老朱呢,对,这家伙富富态态蛮像自己,就老朱去吧。

　　老朱哼哼唧唧赖着报销了一套西服。冉秘书教他学打领带,又教他走路挺胸腆肚,皱眉作出日理万机的深沉状。老朱甩掉白围腰,穿上西服,在伙房演练了一遍,蛮像。

　　坐进市委党校明亮的课堂,老朱才觉出这活儿并非他想象得那么美妙。市场经济、证券股票、农业结构调整,听得他云山雾罩。吸烟吧,冉书记报销的"红塔山"蛮过瘾的。他深吸慢吐很有当官的样子。第二天就心烦意乱地再也坐不下去了。"报告老师,我去厕所。"这招很灵验。可老是去厕所竟引起了老师的关切:"秦书记,是不是身体欠安?"老朱尴尬地咧咧嘴借坡下驴:"水土不服,拉稀。"哄堂大笑。老朱心里得意,借此去寝室玩。没一天,又腻了,想老婆。难怪秦书记不来。这一个月咋熬。猛想到这儿的饭菜不错,尤其是"琉璃"鱼、熘橘瓣什么的蛮好吃。想到来乡镇吃喝的上级领导一拨拨越来越多,口味越来越高。有几次饭后秦书记剔着牙花子说,老朱,手艺再不提高小心我撸了你。虽是醉话却不可不当真。老朱立马去了餐厅。

　　"师傅辛苦。"老朱拉拉领带迈着须生的八字步踱进灶间。

　　"领导辛苦。"师傅们锅前灶边地忙碌。老朱掏出"红塔山"扔了一圈。老朱手脚闲不来,刷勺顺菜切菜剁肉地搀和着忙活。

老朱这人看着愚笨其实心灵手巧，年轻时学得一手绝活。别人颠勺都是里翻勺，他是里外左右四路开花。有天老朱就露了这手。他稳站灶前，左手端炒勺右手执长勺，但见他左手抖腕颠勺，右手填料推勺搅拌。里翻外颠，左翻右颠。那菜在勺里跳跃腾卧、前扑后翻，长勺敲炒勺丁当脆响，节奏急缓有致悦耳动听。若魔术像杂技，看得人眼花缭乱。老朱一气端了十勺，片菜不丢滴油不溅。大伙无不叫好。

"秦书记好手艺。"

"定是门里出身。"

老朱但笑不语。自此老朱以水土不服为借口去餐厅厮混，与师傅切磋技艺。很快老师学员们都知道秦书记有一手烹调绝活。校长还特意观看了他的表演，夸他闲暇帮厨德艺双馨。到毕业时老朱学了四十多个鲁系名菜和三十多个川粤名菜。又因老朱为人勤快，提水抹桌子拖地板全是他干，同寝室的万书记深受感动，考试时就替他抄了份试卷交上。学院毕业典礼大会上，校长亲自给老朱颁发了一块写有"助人为乐好公仆"的奖镜。照相时校长还特意拉老朱坐他身边。

老朱凯旋，春风得意。秦书记设宴为他接风洗尘。老朱上灶亲自做了"琉璃"鱼等几道学来的名菜，吃得秦书记口角垂涎，连声夸好。老朱说："秦书记，明年来了通知，我还替你去学习。"

局长欠我四百元

姚国龙

刚到机关时间不长,就听别人议论,说与胡局长这个人不可深交。

我却不这样认为。通过两个月的相处,我认为胡局长这个人蛮好,遇到人客客气气的,有时候你不叫他,他还主动跟你打招呼,一点儿副局长的架子也没有。

胡局长分管我们科室。

一天,胡局长把我叫到办公室,客气地让我坐下,他说:"机关马主任明天过四十岁生日,请你了吧?"

我说:"请了。"

"那你准备怎么办?总不能空着手去吧?"

想不到胡局长会问我这个事情,我迅速拿定了主意。我说:"我参加工作时间不长,工资不高,我打算出二百块钱人情。"

"好,好,礼轻仁义重嘛,意思意思就行了。只是——"胡局长停顿了一下,往后捋了捋稀疏的头发,"你年纪轻,与马主任共事的时间还很长哟!你出二百块钱,是不是少了点儿?别介意,我这是跟你掏心窝子!"

见胡局长这么关心我,而且始终以商量的口气说话,我立刻放松了许多。我说:"那我出三百块钱,够不够?"

胡局长斩钉截铁:"就四百块钱吧,少了难看。我也出四百块钱。"

胡局长当场掏出四百块钱推给我,并从抽屉里抽出一只红包,要我把他的人情跟我的人情合在一起,放在红包里。最后,胡局长还拿出一支笔,要我在红包上写上两个人的名字。我高兴地把胡局长的名字写在前面,把自己的名字写在后面。

红包封好后,胡局长让我明天到了酒店后直接交给马主任。

我说了声"感谢局长关心",就出来了。

出门后,我的心里感到从未有过的愉悦。

"胡局长真是一个平易近人的好局长啊,对一个小小的办事员这么关心! 跟这样的局长搞好关系,今后何愁没有提拔重用的机会?"我想。

第二天晚上,我早早地来到酒店。马主任过来与我握手,我只用右手握了一下,捏着人情的左手却始终放在裤袋里。直到胡局长笑哈哈地来了,我才当着胡局长的面掏出红包,并对马主任说:"这是胡局长和我的一点儿心意,请收下。"马主任再三推辞,我一下子把红包塞到马主任的口袋里。

此刻,我觉得我做了一件了不起的事情,很有成就感。我为我的成熟感到满意。

过了十天,马主任来我们办公室串门。聊了几句后,马主任突然问我:"你的人情收到了吧?"

"什么人情?"我愣住了。

马主任说:"就是你与胡局长出给我的人情呀。"

我恍然大悟:"提这个干什么,不成意思,今后还请马主任多加关心。"

马主任说:"大家都是同事加兄弟,出什么人情。按机关惯例,我都退了。你和胡局长的红包,我第二天就退给了胡局长,胡局长退给你了吧?"

我忙说:"退了,退了。"

其实,胡局长还没有退给我。但依我了解到的胡局长的人品,既然马主任不收,我相信他不会不退的。

此后,我每天都盼着胡局长退红包。毕竟四百块钱哪,我两个月的生活费啊!

如今,时间过去一年了,还不见胡局长把我的四百块钱退来,我又不好意思直接问他。

是胡局长忘了呢,还是与胡局长真的不可深交?

中秋红菱

姚国龙

晚饭后,局长夫人问局长,明天就是中秋节了,小狗子怎么还不送红菱来呢?

局长说,也是,明天就是中秋节了,时间过得真快!

局长夫人说,往年,每到八月十二三,小狗子就来了,今年怎么还不来呢? 会不会忘了呢?

局长说,应该不会。小狗子不是那样的人。

小狗子是三江村的村民组长。局长还是乡长的时候,分工蹲点三江村,风雨不便就在小狗子家代伙。

那年,加固江堤,堤内留下一个个方整的塘口。乡长就建议村干部,动员群众利用塘口发展红菱。

后来,所有塘口铺满了菱盘。小狗子这个组,还把所有废河塘整治了一番,都种上了红菱。

由于塘口里引进的是江水,因此,长出的红菱色泽特别鲜艳,肉质甜脆爽口。红菱成了三江村的一大特色,也使农民增加了不少收入。

从塘口出菱这年起,每年中秋前夕,小狗子都要送给乡长一些红菱。乡长就从家里带一些红菱,分给乡里的干部。

乡长到底是见过世面的,逢会必谈红菱,谈菱必夸三江村的红菱是全县最好的红菱。惹得县政府农业结构调整现场会,就放在三江村的菱塘边上召开。县长在主席台上吃了几个红菱后,也连声叫喊,三江村的红菱是全县最好的红菱! 一时间,三江村的红菱脱销。

三江村的红菱是全县最好的红菱! 我最爱吃三江村的红菱! 局长对局长夫人说。

可小狗子没来,你吃啥?

人家可能没空来,或者忙着啥事情。我想,自己还是去一趟。今年不知哪儿来的这么多穷事,三江村一次也没去过!

还专门去一趟?算了,今年中秋节,就到街上买点红菱回来吧。

不行,街上的红菱我不吃!我还是要去一趟,顺便看看小狗子他们!

第二天中午,局长正要出门,不想,小狗子提着个蛇皮袋来了。

局长一家人像迎贵宾似的,让小狗子坐下。

局长放下皮包,坐到小狗子面前。怎么瘦啦?最近工作忙吗?

小狗子说,你晓得的,农村工作就这个样子,天天忙。

老父亲身体怎么样,能下床吗?

还好。春天里以为他逃不过今年夏天的,近期天气凉了,老头儿倒有点精神了。

家里有啥困难吗?

没有。

还是当村民组长?

还是。

想不想到村里做事?

不想不想。我把村民组长当好,就不错了。

你总是这样。有啥困难、要求,你尽管提出来嘛,不要紧的!

小狗子停了一下,困难倒是没有,只是有个要求。

啥要求?你说嘛!

你先吃个红菱吧!

小狗子从蛇皮袋里掏出几个红菱,放到局长手上。局长剥了一个塞到嘴里。嗯,脆嫩,不错!

可是,这是我从邻村买来的。

从邻村买的?自家的呢?

小狗子摇摇头,又从衣袋里拿出几个红菱。你再尝尝这个。

局长说,这个红菱怎么发黑呀?

你吃一个就晓得啦。

局长把一个红菱剥到一半,就叫了起来,这个肉色怎么发黄呢?

你吃一个就晓得啦。

局长咬了半个菱角,放在嘴里刚嚼了两下,就吐了出来。怎么这么酸涩？

这个红菱是我家里的。唉！去年底，乡里通过招商引资，把一个电镀厂引到了江边。他厂子偷偷把污水排到江里也就算了，怎么又污染到我们排灌河呢！春天的时候，只发现一些死鱼死虾飘浮在菱盘中间。夏天一到，就来了问题，河水发臭，菱盘落了大半，活下来的，结了几个菱角也不能吃！村民们准备等过了中秋节，就冲砸电镀厂。这两天，镇村组三级干部都在做着群众思想工作哩！

啪！局长突然拍了下桌子。你这个小狗子，这件事，你怎么不早点说呢？

大家都怕连累了你！你是从乡里出来的，怕影响了你与乡里的关系！

屁话！你们这不是要我的命吗？小狗子你听着！今天，我朝北说句话，如果你明年吃不到最好的红菱，我这个环保局长，就从你媳妇的胯下爬过去！

一等罚

李伟明

我在市报报缝刊登了一则遗失启事后,很快,有一个来自京城的电话打过来。

对方说:"您好! 我是银河系文联驻京办事处。"

我大吃一惊。这辈子,我见过的最大的文化人就是市高专中文系的吴教授和市文联的梅作家,还是在一次广场文化节上远远看过的。没想到,比中文系和市文联高了多少级的银河系文联给我来电了。

对方说:"恭喜您,李先生! 您已荣幸地入选银河系文化英才名录;同时,您的作品《遗失启事》在第一百零八届银河之星文艺作品选拔赛中荣获一等奖!"

我大喜过望,这天上还真会掉馅饼啊! 这不,还是银河系一级的馅饼呢!

对方显然感知到了我的激动,善解人意地让我喘息了几秒钟之后,告诉我,获奖证书将于三天内寄出来。

当我更加激动时,对方不紧不慢地说到了钱的事。

"是奖金吗? 这么高等级的大奖,我能得到多少奖金呢?"我兴奋地问。

"是这样的,在寄出获奖证书之前,您得先交三千元……"

噢,天哪,三千元所得税? 这是多少奖金啊! 还没等我算出这个数字,我便忙不迭地告诉对方:"没问题,纳税是公民的光荣义务,我完全同意扣除三千元所得税!"

"可是,这并不是扣税的问题,而是您得交三千元给我们……"对方认真地解释道。

"不是直接扣吗? 这样多方便呀。"我不解地问。

"说明白些吧,这三千元不是所得税,而是您的证书工本费。"

我的天,工本费就要这么多,那么,这个大奖的含金量该有多高!请原谅我是个处于物质阶段的小人物,我还是更关心奖金的问题,于是厚着脸皮再次问起来。

"奖金? 呵呵……不好意思,我们这个奖只发证书,不发奖金。"对方温柔地解释。

"那么,是发什么贵重奖品呢?"我知道,现在很多人对钱已不感兴趣了,他们喜欢用钱创造出花样百出的个性化物品,据说还有增值的功效。

"奖品? 也没有,就是证书。"

什么? 没有奖金,也没有奖品? 还要我交钱买证书? 我的心情立即变得有点坏了。

"这样吧,如果你手头紧张,你也可以考虑交两千元,当然,这样的话,你的奖级就调整为二等奖。"我注意到,对方开始把"您"调整为"你"。

"如果交一千元呢? 就可以调整为三等奖?"我的脑子转得倒也不慢。

"正是这样,你可以根据经济状况决定。"对方很欣赏我的聪明。

"可是,我这是获了奖啊,怎么还要我往外掏钱?"我还是不明白。

"现在都是这样呀,我们每天都要寄很多证书出去的。"对方越说越直白。

"可是,我以前也获过奖,都是有奖金或者奖品的。比如,我读小学二年级时,数学竞赛得了第一名,就奖到了一支铅笔。"

"那是什么年代的事了,现在早改革了。"对方有点不耐烦。

"可是,我从小就是这样理解的——'奖',就是你掏钱给我;如果要我交钱给你,那应该叫'罚'呀,比如我开车违章了,我交钱给警察,那是被罚款。"

"你……"

"这么说,准确地说,你们给我的不是'一等奖',而是'一等罚'才对吧?"我还问。

对方啪地挂了电话。

其实,我没别的意思,我只是个对说文解字很有兴趣的人,所以很希望借此机会就"奖"和"罚"的概念作个探讨,没想到对方这么没耐心。如果词语的基本意义不变的话,我还是坚持认为,他们给我的这种东西,不应该叫"一等奖",而应该叫"一等罚"。

这时,我想起来了:我的邻居吴二狗在小区门口修鞋多年,前几天喜滋滋地告诉我们,他获得了国际做鞋工作者协会颁发的百年鞋业百强擂台赛一等奖;我的同事梅三猫,上周兴冲冲地在单位宣布,他获得了世界作家协会举办的万年文坛千部作品海选一等奖,可我印象中他只在晚报发表过一次二百来字的征婚启事。还有,单位对面那家拉面店,最近挂上了亚洲食品行业质量一等奖的牌匾;上个月带我们去内蒙古旅游的那家旅行社,也声称他们是宇宙旅游业服务一等奖得主……莫非,他们这些"一等奖",其实都是"一等罚"?

椅子

胡天翔

　　秘书小刘换了办公室。桌子、椅子、电脑、档案柜摆好了，小刘发现只有一把椅子，要是屋里来个人，都没地方坐了。小刘就想再弄把椅子。

　　巧的是，没过几天，隔壁监察科的老孙也换了办公室。老孙当了科长，换了一间大屋子。小刘帮老孙搬东西，搬得差不多了，剩下了一张条椅。更巧的是老孙要去的大办公室已经有两张条椅了；老孙再带过去一张，已经没有地方放了。小刘就问老孙，自己屋里正好缺一个椅子，能不能把条椅搬走。看小刘忙前忙后地帮自己搬东西，老孙就说中。小刘刚要搬，老孙又接着说，不过椅子是局里的资产，已经上交到局后勤科了，小刘要用，最好是和管后勤的薛科长说一声。老孙海说，薛科长最好说话了，你去说一声就中！

　　小刘就去后勤科找薛科长。薛科长答应得也很爽快，说单位的椅子谁坐不是坐，你要用就搬走吧。小刘刚要走，薛科长又接着说了一句话。薛科长说，不过椅子是局里的资产，你要用椅子，最好给李局长说说。

　　搬一个椅子，单独去找李局长说，小刘觉得这话开不了口。好在小刘平时还给李局长写讲话稿，还是有机会见李局长的。一天，趁着给李局长送讲话稿，小刘就把椅子的事给李局长了。李局长说话更爽快，说椅子是单位的资产，谁用不是用，你给薛科长说，就说我说的，你把椅子搬走吧。李局长话说完了，小刘还没有走。小刘以为李局长也要说个"不过"。李局长见小刘没有走，就问小刘还有事嘛？看来李局长是不会说那个"不过"了，小刘就说没事了，谢谢局长。从局长屋里出来，小刘心里的石头终于落地了。

　　李局长都同意了，小刘就去找薛科长。李局长说话了，薛科长办事更利索。薛科长说，搬吧，条椅有点沉，喊办公室的小赵帮你抬。小刘就喊着小赵到了老孙原来的办公室，却发现门锁上了。既然老孙搬走了，钥匙可能交到后勤科了。小刘又去找薛科长要钥匙。薛科长把桌子里的抽屉找遍了说，没见钥匙啊，我记得老孙没有把钥匙交给我啊，要不你问问老孙，钥匙是不是还在他那儿。

听小刘说是来要钥匙的，老孙把头摇得像波浪鼓似地说，搬走后的第二天，就把钥匙交到后勤科了。老孙还说，自己不住那屋了，拿钥匙还有啥用，你让薛科长再找找，他不定放在哪儿了。小刘又找到薛科长说，老孙把钥匙交到后勤科了。薛科长在抽屉里又翻了一遍，还是没有找到钥匙。薛科长还问后勤科里的人，谁见老孙交的钥匙了，后勤科里的人都说没有见。后来，薛科长就递给小刘一串钥匙说，交过来的钥匙都在这一串，你去试试，看有没有，我还是想不起来老孙啥时候来交的钥匙。

拿着沉甸甸的一串钥匙，小刘一把接一把去捅门上的锁。小刘累得满头是汗，也没有把锁捅开。有的钥匙根本插不进去，有的钥匙插进去却拧不动，小刘手都捅酸了，锁还是纹丝不动。小刘只好把钥匙还给薛科长。薛科长说，门打不开吧，我就说老孙没有把钥匙交过来。薛科长还说，这个老孙，官升高了，记性却差了。

最终，小刘还是没有把那张条椅搬出来。后来，局里新添办公用品的时候，给小刘新买了一把新椅子。再后来，从老孙原来办公室前走过，透过窗户的玻璃，小刘看到越来越多的灰尘落在条椅上，红色的条椅变成灰白的了。

椅子啊！椅子！小刘无奈地摇摇头。

赢家

黄立温

4月1日，《读者新闻快报》登载了一条消息：福利院的孤寡老人珍珍女士不久将离开人世，但是她还有一千万的财产尚未处置。

报纸墨气未散，就有一个年轻人捧着鲜花，提着礼物，急匆匆地赶到福利院。在珍珍女士面前，他声泪俱下，十分动情地说："姑妈，这些年我找你好苦啊，自从父母过世后，我就到处打听你的下落，好不容易才找到你啊。现在，你是我在这个世界上唯一的亲人，我愿意留下来陪伴你……"

躺在床上的珍珍女士已是半聋半哑，神志游离。她一会儿点头，一会儿摇头，有时招手，转而又摆手，嘴角不停地嚅动着，却含糊不清，未置可否。福利院的工作人员只好让年轻人暂时离开房间。

其实，福利院也不知老人的身世。院方在一个寒冷的冬天早晨把老人从大街上拉回来，之后老人一直不肯说话。关于老人的财产问题，院方也是刚刚从报纸上了解到。谁都知道记者消息灵通，报纸神通广大。

年轻人刚走出房门就傻眼了，门口黑压压地排着长长的队伍，人人都抱着鲜花和礼物。很显然，大家伙都看到了报纸，都在第一时间抢过来。

很快，平日里冷冷清清、门可罗雀的福利院变得人来人往，热热闹闹的，好像赶上一个盛大的节日。来访的人们表现出最好的教养，人人轻轻地说话，规矩地排队，脸上流露出最大的虔诚，似乎在表明他们为这些年不能照顾老人而愧疚，不能抽出时间探望福利院而心怀不安。

紧跟的是一个女人，一进门就使劲地抹眼泪，小心地摆好鲜花，忙不迭地说自己是珍珍女士前夫的女儿。她费力地叫喊着"妈妈"。她说，父亲在世时曾交代她一定要找到他的前妻，好好照顾她的前妈。说话的时候，她还猛地抽自己的脸皮，痛恨自己这么多年一直未能了却父亲的心愿。她执着珍珍女士的手,恳求着说:"妈妈,请你原谅女儿吧,我找遍了世界,找了几十年,原以为再也没有机会见到你了。现在,上天让我们母女团聚,我再不会离开你了。我要守候你一辈子!"

珍珍女士显然大受感动,她这辈子还没有听到有人叫她做"妈妈"。作为女人,"妈妈"两个字是最世界上最动听的语言,最让人欣慰的回报了。她激动地流下了眼泪,但依然说不出一个字。

很快又有一个男人进来。他自称是珍珍女士邻居的儿子。他说,当初,他们家一直照顾着珍珍,他们共同生活了十年。后来珍珍上街迷路,他们到处找,还以为她已经遇到不幸了。现在,他受父亲的委托,一定要过来看珍珍女士。如果有必要,他们家将一如既往地照顾珍珍女士。

说这番话的时候,男人一脸真诚,仿佛珍珍已成了他们家属的一员。

但排队的人实在太多,男人很又被请了出来。

当天,只有一小部分人进到了珍珍女士的房间。院方以老人需要休息为由,拒绝了很多人的要求。实际上,院方早已提示,希望外人不要打扰老人在福利院的安静生活。

珍珍女士财产案很快成了众人关注的焦点。《读者新闻快报》不失时机地跟踪报导。他们早已在房间里设下窃听器,因此总能报出猛料,像磁吸铁一样把读者的眼球引住了。

探望珍珍女士的人形形色色,林林总总,不约而同,如潮水般涌来。所有来访者都有一个共同的要求,都提出对珍珍的财产拥有继承权。

结果,所有人只能对簿公堂。与福利院的热闹对比,法院更为喧闹。

躺在福利院的珍珍女士周围摆满鲜花,听到素不相识的人们送给她最动人的关怀,最诚恳的祝福。她安祥地闭上双眼。

围绕着财产的争夺却打得不可开交,诉状不断增多,法院不得不一再延长受理期限,珍珍财产案自然演变成一桩无头公案。街头巷尾,人们都纷纷谈论到底哪个才是最后的赢家。

《读者新闻快报》连篇累牍地进行报道,一时炙手可热,洛阳纸贵。

面对破纪录的发行量,报纸老板嘴角浮出了一丝笑容。

被财产案闹得晕头转向的人们早已忘记了一个最基本的事实——当初发布消息的时间是 4 月 1 日愚人节。

有难事找领导

张艳霞

这一天，局长晚上下班回家，走到家门口时，碰到了老张，有点意外。局长说，老张，有什么事吗？老张笑笑，说，没什么事，我就是转转，正好转到了这里。局长"哦"了一声，就打开门，进去了。老张以前是局长的下属，现在内退了。

一会儿，局长老婆回来了，局长老婆看了局长一眼，说，我怎么看到门口有一个人，像是你以前单位的老张。局长没说话，只是皱了皱眉。

第二天晚上，局长下班回家时，又在门口碰到了老张。局长看了老张一眼，说，老张，你是不是有什么事找我？老张笑笑，说，没什么事，我就是转转，正好转到了这里。局长没再说话，就开门进去了。

局长进屋时，局长老婆正忙着整理房间。局长老婆看见局长进来，就走了过去，说，你昨天说老张就是转转，怎么昨天转了，今天还在转呢？他不会是有什么企图吧？局长想了想，说，没事，我有办法。

说着，局长就给一个警察朋友打了个电话，说了这么个情况。警察朋友很仗义，不过十分钟就来了，还带了另一个警察。透过门口的窗头，局长就看到两个警察围住了老张。局长就笑了。不久后，局长接了个电话，就笑不起来了。电话是警察朋友打来的，他问局长，这老张有恐吓过你吗？局长说没有。他又问，老张有骚扰过你吗？局长说没有。警察朋友苦笑着说，那可就没办法了，你门外是公共区域，没办法处理他啊。局长想了想，说，那就算了。

接下来的好几天，局长晚上下班回家，走到家门口，都能碰到老张。老张一如既往地对着局长微笑。一次，局长拉住老张，说，老张，你到底有什么事吗？老张笑笑说，局长，真没什么事。局长顿时就恼了，说，老张，那你天天在我家门口干吗呢？这回，老张没有接局长的腔，脸上带着微笑，走了。

事后，老张依然如故。还是天天上局长家门口转悠。

一天，一个处长有事来找局长，处长进门后，一脸惊讶的表情，说，局长，老张怎么在你家门口啊？局长笑笑，说，没事，他就是在附近转转，正好转到了这里。局长看到了处长带来的一堆东西，眉头忽然就皱了起来。局长说，你来就来了，还带什么东西呢？这些东西难道我家里没有吗？处长被局长的话唬住了，处长不明白局长今天是怎么了，以往自己带些东西来，局长总是默许的。局长这么一说话，处长本来想说的话儿，也就说不出来了。处长开始还以为是局长的客气话，但临处长要走时，局长坚持让处长把东西都带走。处长苦笑一下，只好带走了。

时不时地，经常都会有下属带着礼物上局长家来。以前，局长一般都会收下。现在局长真不敢收啊。不是这老张都在门外盯着嘛，谁带什么礼物，谁送什么东西，老张可都清楚着呢。犹如有一双眼睛，在时刻窥探着局长。让局长浑身不自在，甚至头疼。

那个晚上，局长躺在床上，就在想老张的这个事儿。其实，在处理老张的问题上，局长是有责任的。局长记得，老张在被勒令提前内退的时候，单位还克扣了他一笔钱。说起来，是不应该扣的，扣得很不够意思。想来，老张应该是为这笔钱的事儿来的吧？问题的症结找到了，局长就很兴奋。天天有一个人在门口转，看着都让人烦。

第二天局长晚上下班回家，老张果然还在门口转悠。看到局长来了，老张似乎是想躲开。局长叫住了他，说，老张，告诉你个好消息，你被克扣的那笔钱，我帮你补回来了。明天一早，你就去单位，从财务那里去拿那笔钱。看得出来，老张很兴奋，并且很快就没了人影。那天晚上，局长没再看见老张转悠的身影，局长很满意自己的英明决策。

可奇怪的是，几天后的一个晚上，局长下班回来时，又在门口撞见了一个人，这次，不是老张，是小刘。小刘也是单位的人，最近想转正。但局长看小刘有点不懂事，就没批。

小刘看到局长回来了，不等局长说话，就主动凑了上去，说，局长，没什么事，我就是转转，正好转到了这里。

局长发觉自己的头又疼了。

愚人节的短信

张艳霞

那天是 4 月 1 日。也就是西方那边沿袭而来的愚人节。

唐局长原本不明白什么愚人节不愚人节的，唐局长正坐在办公室里，严厉地批评着他的下属。然后唐局长的手机就响起了短信的声音，打开一看，唐局长就愣了一下。是小情人周倩如发来的。短短的几个字，却着实把唐局长吓了一大跳。唐局长极力控制着自己的表情，朝下属一瞪眼，说，你先出去吧。下属诺诺着走了出去。

唐局长再去翻那胆战心惊地几个字：我今天去检查了，有喜了，是你的！

反复研读着那几个字，唐局长脑子里不断地在思索着，下一步该干什么。生下来？肯定不行。离婚？那更不现实。家里的婆娘虽然老了，但唐局长从没想过换人。而且，离婚对他的声誉也会有影响。外面的玩归玩，绝不能太当真的。

想着，唐局长就有了一个决定。赶紧去周倩如那儿，至少先把人给安抚住。借机再劝她把孩子给打掉！

心急火燎地赶到周倩如住处时，唐局长看到周倩如正坐在沙发上，很悠闲地翻着杂志。唐局长忙走上前，抚摩着周倩如的腹部，关切地问，医生怎么说的？看着唐局长满是认真的表情，周倩如没回答他的问题，反倒是笑了。笑得唐局长有些莫名其妙。周倩如说，糖糖，你是不是看了我发给你的短信特地赶来的啊？糖糖是周倩如对唐局长的昵称。唐局长点了点头。周倩如就笑得更欢了，说，傻瓜，你不知道今天是愚人节吗？唐局长摇了摇头，他还真不知道愚人节为何物。也是，谁敢在这愚人节和他唐大局长开玩笑呢。于是，周倩如就耐着性子给唐局长讲这愚人节的由来。

讲了半天。唐局长居然对这西方的愚人节来了兴趣，想起自己被骗过来,而又得知周倩如其实并没怀孕。唐局长的心情就莫名得好了起来。

猛地,唐局长忽然想到,他有三个最得力的亲信。最近有个副局长的空缺,他想从他们中挑一个坐上去。可他又不知道谁又对自己最忠心呢。

他忽然想到了今天正是愚人节。

唐局长就有了个主意。他编了一条短信,分别给三人发了去。短信的内容很简单:唐局长正在纪委接受调查,请设法解救。

唐局长是用周倩如的手机发送短信的。发完,就关掉了手机。为了增加逼真性,唐局长还把自己的手机给关了。

那一个下午,唐局长一直留在周倩如那,没走开过半步。唐局长想着,不知道他们接下来会做些什么呢?

眼看天快要黑了,唐局长才打开了他的手机。

出乎意料,唐局长的手机居然很平静。一个电话也没打来。

想了想,唐局长先拨了一个亲信的手机,得到的声音是关机。

唐局长又拨了一个亲信的手机,得到的声音又是关机。

唐局长再拨了一个亲信的手机,得到的声音还是关机。

唐局长挂了电话,有些百思不得其解,怎么几个手机都给关了呢。

然后,唐局长的手机就响了。

唐局长以为是哪个亲信打来的,一听,竟是老婆打来的,老婆的声音有些颤抖,说,老唐,你在哪呢? 刚才怎么纪委的人上来了,说是找什么东西,搜了半天。

唐局长蒙了。真的有些蒙了。纪委? 唐局长有些不明白了。那三个下属,知道自己太多的事情了。隐约间,忽然有种不祥的预感。

接下去,唐局长又拨那三个亲信的电话。拨了半天,还是不通。

纪委的电话是第二天上午打来的,很简单的几个字,是唐海明同志吗?请来纪委一趟。

唐局长跑到纪委时,就看到了他的三个下属,满是疲惫的神情。看起来,他们在纪委里呆的时间不短了。看到唐局长来时,其中有一个亲信说了一句,我们昨天打过您电话,一直打不通,我们以为您已经……还有一个亲信苦着脸,说,不要怪我们,我们也不想的。

唐局长狠狠地瞪了他们一眼,气急败坏地喊,你们不知道昨天是愚人节吗?

坐在紧闭的审讯室里,唐局长忽然在想,他没事发什么短信呢!

女人的话自己咋能信呢，这倒霉的女人和那倒霉的愚人节，还有那几个没脑子的下属。唐局长摇头晃脑地苦笑。

二舅炒股

罗青山

二舅炒股赚了钱,不仅赚了钱,还挣足了面子。

二舅原在 W 市一家化工厂当工人,几年前退了休。尽管他一辈子省吃俭用,到退休时积攒了点钱,但由于子女光景不好,加上近年来物价上涨,日子过得紧巴巴的,四口之家至今仍然住在工厂分的两间破败不堪的平房里。我在证券所当业务员,收入不高,平日里很少周济穷亲戚。这段时间,股市行情火爆,股价飞涨,出于"普渡众生"的胸怀,我便动员二舅投资股市,还帮他选好了股票。二舅咬了咬牙,狠了狠心,便把养老的三万元积蓄悉数从银行里取了出来,砸到股市中去。

忽一日,二舅垂头丧气地来找我。问他赚了多少,他说,还说赚? 差点就去跳楼了。我说,你别跟我开玩笑,究竟亏了多少? 他说,亏了三分之二,剩下不足一万元了。

我的心"咯噔"一声往下沉:造孽! 他家本来就够穷的了,这不等于把他往火坑里推? 而且股票又是我替他选的。于是,我自责地说,都怪我,当初就不该鼓动你去炒股。

他倒比我豁达,反而宽慰我说,亏了无所谓,只是不知哪个龟孙子赚了我的钱! 说完,狠狠地一甩胳膊,一脸的无奈。

我也安慰他,股票升升跌跌是平常事,总有一天会赚回来的。

这时,他突然像有什么新发现,神秘兮兮地说,你见多识广,我想问问你,有没有穷人炒股赚了钱的?

我说,股票可不认穷人富人,穷人炒股照样赚钱。我有一个邻居是农民建筑工,月工资千来块钱。而他的孩子随他来到城里读书,要缴交昂贵的建校费;妻子又没有工作,且患上了慢性肾炎病,天天要服药,生活十分贫困,连温饱都难以维持。前些日,为了改变现状,他向人家借了五千元去炒股。没想到老天有眼,眷顾穷人。他两个月下来就赚了两万多元,交清了孩子的建校费和老婆的药费……

他仔细地听着,脸上慢慢地由阴转晴,突然大声打断我的话说,我炒股的钱就是亏给了他。这钱亏得好,亏得值!

我顿时愕然,目瞪口呆,但又不便点破——有些事,懵懂总比清醒好。但是,作为亲戚,我还应该尽到自己的责任。于是,我便对他进行风险教育和"技术扶贫",并一再叮嘱他,假如股票涨了回来,就彻底清仓离场,像他这样的家庭是经不起折腾的。

他却没当回事,悲壮地说,只要是亏给穷人,亏光了血本也无所谓!

二舅走后,我的心还一直悬着,生怕他真的把血本给亏光了。几个月后的一天,我突然收到他乔迁新居的请帖。二舅家里这么穷,为何忽然间就买了新房?我带着满腹狐疑,来到了二舅家。

见了二舅,我急欲解开谜团,他却卖起了关子,说,你猜猜我这房子是怎么来的?

他见我一脸茫然,又自答道,等会再告诉你。现在先向你请教一个问题:炒股的究竟是富人多还是穷人多?

我说,大体上是富人占多数。除非例外,穷人哪里有闲钱闲工夫去炒股?

他又问,炒股的富人中有没有贪官?

我不假思索地说,应该有吧?

他不无得意地说,你这就说对了。我这里就有个事例。我们厂的那个厂长,就是个地道的贪官,平日里贪赃枉法,把好端端的一个工厂搞垮了。前些时候工厂转制,他又与人合谋,搞暗箱操作,使国有资产大量流失,而他却从中大捞了一把。现在,他仅别墅就有两座,存款就不知有多少位数了。听他儿子跟人家说,前不久,得知股市火爆,这个贪官也去炒股,几个月间就亏了几百万。我和他几乎同时入市。我现在可以告诉你了,我买房子的钱就是通过炒股,从他那里赚来的!

我简直不敢相信自己的耳朵,说,你上次不是险些把血本都亏光了?我还以为你从此金盆洗手,退出股市了呢!

他更加得意地说,贪官的钱不赚白不赚,赚了也白赚。我用炒股的利润买了房子,留下三万块本钱,还要大赚特赚,不把贪官赚得倾家荡产决不罢休!

　　显然,他又患上了钻牛角尖的毛病。我想向他指出,贪官的智商并不比别人低,但发觉他正在兴头上,不便扫他的兴,便把到了喉咙的话咽了回去。

　　喜宴开始,我高举酒杯,贺二舅乔迁,同时祝他在"炒股反腐"的道路上勇往直前,再创辉煌战果。

扯淡

朱耀华

出差到 K 城,忙完了公事,我想该去看看老孔了。自从三年前老孔下海之后,我们就很少碰面。据说,这家伙发了,成了款爷,还和人鼓捣出一个公司,自任总经理。那前呼后拥的气派,与当年不可同日而语。

对我来说这些都不重要,我和老孔原来算得上是一对难兄难弟。那时,我们都住在单位一幢废旧的楼房旮旯里,品味着茅屋为秋风所破的境界。我们都喜欢围棋,一有空闲,就捉对厮杀一番,常常下到深更半夜还乐此不疲。记得还是我刚结婚后不久的一天晚上,已经凌晨两点了,我迷迷糊糊听到有人敲门,一问,是老孔。原来,他一直在床上对昨晚的那盘棋复盘,终于悟出了一着"金鸡独立"的妙招,可以反败为胜,非要和我马上切磋不可。我求情说,等天亮行不行? 老孔说不行。我说,算我输行不行? 老孔说,不行,你怎能忍心我一个人失眠。我说,等你结婚了,你就有体会了。老孔不依,把门擂得山响,一副打家劫舍的气势。我只得打起精神,奉陪到底。

凭老孔这股认真劲儿,自然,他的棋艺在我之上。他下棋的姿势有点像坐禅,全神贯注,心无旁骛,完全进入了境界。回想那些日子,真有点"日影扫阶尘不动,月色入潭水无痕"的自在与超然。

后来,老孔下了海,下了海的老孔依依不舍地挥别了围棋,跟他一个远房表弟跑生意。听说开始亏得很惨,又被他表弟骗了一把跑了,雪上加霜。几经折腾之后,老孔终于摸到门道,最终当了老板,大把大把的钞票就像雪花一样飘进了他的口袋。

提起他表弟,老孔一脸愤然,情绪有些偏激,说,生意场上的人,哎,都他妈的混蛋!

打老孔电话,秘书服务,也不见回,想来老孔很忙。我百无聊赖,就按照老孔名片上的地址找到了那个公司。其时,老孔正和两个老板模样的人在洽谈什么,大约谈得有些僵,几个人脸上都不大好看。半晌,老孔送走了两个客人,才走过来和我招呼、握手,脸上慢慢松驰了下来。老孔说,没想到没想到,怎么你也不打个电话来? 我派车接嘛。

我说:不敢劳驾,你是大忙人。

瞎忙。老孔谦虚地摆摆手,招呼我坐下,喊一声:上茶。

老孔比原来胖多了,肚子上的板油明显过剩。不知为什么,大热的天,却把衬衫扣得很死,汗渍渍的脖子上还捆了一根色彩鲜亮的领带。

寒喧了几句,老孔问:你还在那个地方熬着?

我说:是呀,还熬着。

老孔又问:还下围棋?

我说:还下。你呢?

哎,老孔叹息一声。好久没那份闲工夫了,做梦都他妈的忙着数钱! 说完,解嘲一笑。

胡扯了一阵,老孔把我带到旁边的一个酒楼里,边吃边聊,陈谷子烂芝麻的往事都一并兜了出来。酒酣耳热之际,老孔问我,晚上安排什么节目?

我说:下棋吧。

老孔摆摆手:算了吧,我找个小姐陪你。

我说:无聊。别坏我一世英名。

老孔乜着我说:老兄,人家克林顿那么忙还不忘妇女工作哩。

我说:我条件没有克林顿好,不能和他攀比。

老孔哈哈大笑。

吃饱喝足,老孔临时叫人买来围棋,我们就在他的办公室里布阵厮杀起来。老孔的手机不停地响,我不得不经常停下来等他打电话。一盘棋终于下完了,我便主动告辞。

老孔想起我有个大舅在市里当领导,托我回去帮他打听一个项目,我应承下来。老孔说,如能成,到时候会给我好处。我说,咱们君子之交,说这个干什么。他微笑着向我伸出手来,那行,反正你记在心上。我就不留你了,哪天闲下来,我们再好好"手谈"一番。

我说:行啊,等你把钱赚够了再说吧。

一言为定。老孔说,又笑着摇摇头,钱这东西啊,永远都赚不够。

老孔再一次同我热烈握手,亲自把我送到那辆红色的"的士"上。

　　我疲惫地回到宾馆，没洗脚便倒在了床上，却一直睡不着。我这个人痴，刚才那盘棋还老在我眼前晃呀晃。晃着晃着，我突然想到一招"倒扑"，完全可以斩下他那条得以侥幸脱逃的"大龙"哩。

　　我兴奋起来，赶紧拨通了老孔的手机。我对他的秘书说，加急，项目。这次，他很快回了。那边声音很嘈杂，有人在嚎"纤夫的爱"。可能老孔边接边在往外走。他听了半天，仿佛才明白是怎么回事，打了几个哈哈，连说那是那是那是。我正得意忘形，没曾想，最后，在我挂断电话的一霎那，耳朵里传来一声含混的嘟哝：

　　扯淡！

成功人士

胡 炎

长期以来,我一直被一种潜在的烦恼折磨着。

我的生活平平淡淡,和所有市井小民一样,活得鸡毛蒜皮默默无闻。问题是,我并不愿安于现状,在我的内心里,始终幻想着成为一个成功人士。

何谓成功人士? 在当今这个时代,起码有三个量化标准:财富、地位、名望。富就富得可以敌国,贵就贵得可以治世,至于名望嘛,当然要名扬天下了。

基于这三个标准,我便有了三个偶像——

富:比尔·盖茨。

贵:汉武帝。

名:贝多芬。

我做梦都想着像比尔·盖茨那样坐拥金山,富得指甲盖冒油;像汉武帝那样威武,横扫天下彪炳千秋;像贝多芬那样大名鼎鼎,全世界都弹他的交响曲……经常地,我在梦中被我那个可恶的黄脸婆掐醒,她说我像驴一样笑,像狗一样叫,兴奋得不明所以。于是,我便把梦讲给她听,她不但不与我分享,还斜着眼撇着嘴道:"就你? 比尔·盖茨的汗毛都比你的腿粗,汉武帝的脚趾甲都比你的脸大,贝多芬呀,你就给人家提鞋去吧!"

这叫什么话? 生生气死人了! 我万分窝火可又无力辩驳,哎,谁让咱是个小人物呢? 除了会摸几圈麻将会侃几句大山就只剩下大白天做梦了。

烦恼啊!

终于,改变命运的机会来了。谢天谢地,有个叫"胡捣"的科学家发明了一种"成功移植仪",只要把对方和自己的详细情况用生命编码的方式输入仪器,那么对方的成功就会转化为自己的成功。

　　这可太好了,简直是雪中送炭啊。尽管这种仪器价格十分昂贵,我还是不顾老婆反对变卖了家产、耗尽了积蓄,又从垂垂暮年的老父亲那里抠来了几万元,把"成功移植仪"抱回了家中。仪器进了家,老婆却离了家,不再跟我过了。这傻老娘们,要不了多久我就成了比尔·盖茨第二、汉武帝再世、贝多芬重返人间,看你到哪里找后悔药吃!

　　我紧闭房门,拉下窗帘,在空荡荡的家里开始了我的"成功"之旅。按照生命编码对照表,我首先输入了比尔·盖茨的编码,按下回车键,奇妙的事情果然发生了:我只觉脑袋一震,周围的一切顷刻间全变了,我这不是在美国吗?瞧我这两只手上、屁股底下、壁橱里、保险箱内、汽车后备箱中……到处都是美元,簇新簇新的大票子。天,我发了,我再也不缺钱花了,我成了世界上最富有的人了!那个黄脸婆就是回来求我我也不会要她了,好姑娘太多了,没准我能把哪个国家的公主娶到手呢!

　　之后,我又把汉武帝和贝多芬的编码输了进去,立竿见影,金车玉辇,威震九州;纵情琴弦,世人敬仰……

　　我成功了,彻底成功了!我是三个大人物的复合体,比尔·盖茨哪如我尊贵出名,汉武帝不及我富有迷人,贝多芬就更不行了。哈,我再也不是从前的我了!

　　我打开房门,昂首挺胸地上了街。我一会儿像汉武帝那样叉起腰,俯视着芸芸众生;一会儿像比尔·盖茨那样向他们挥挥手,越是财大气粗越显得平易近人;一会儿又像贝多芬那样舞动着手指,甩着潇洒的长头发……这感觉实在太好了,简直妙不可言!可是,冷不丁地我听到了这么一句话:"神经病!"

　　我的心一下子凉下来,激情在那些白多黑少的眼光里迅速冷却。我现在是成功人士,怎么会被看成"神经病"?或许他们嫉妒我,恨我,患了"红眼病",才骂我是"神经病"。对,不理他!

　　又走了一会儿,路旁一个新挂的巨幅牌匾引起了我的注意,只见上写:成功移植仪售后服务院。这不正是为我这样的消费者设立的吗?我不假思索地走了进去,要把"神经病"问题弄个水落石出。

　　服务院里没有科技人员,只有一个大夫。我还没说明来意,他就笑着开口了:"亲爱的用户,你成了一个成功的失败者,或者说失败的成功者,这是因为你只移植了成功后的满足感,而对方的艰辛付出和奋斗精神却被你的潜意识屏蔽了。这是一种立体交叉精神病,需要在我们这里卸载移植程序,并接受心理治疗。"

什么失败、成功，成功、失败，这个玩绕口令的大夫还真把我当神经病了。我说："只有神经病才会说出你这样的鬼话，我怎么可能是失败者？告诉你，我不会上你的当！"

大夫依旧笑容可掬，轻轻地推开一扇门，我吃惊地发现里面满是张牙舞爪哈哈大笑的人。"瞧见了吗，他们和你患的是同一种病。"大夫说。

我愣了一会儿，慢慢地走到了他们中间。但是只经过了几分钟的交流，我们就达成了共识。于是，一群趾高气扬的"成功人士"，同仇敌忾地赶走了这个不识时务的大夫，并且发下誓言，一定要与那些骂我们"神经病"的人战斗到底！

紧急情况

雷三行

　　周日,黄三回乡下为老爹过生日。老爹的寿宴摆开,黄三的电话响了,是局长的电话。局长在电话里只说了四个字:紧急情况。

　　这是局长的风格,局长给干事黄三打电话,大多说一个字,来、急、喂。有时也说两个字,任务、快点、紧急。但像这样的四个字,黄三第一次听到。黄三纳闷了,但是任何事情只有冲到局长身边,才能对局长的意思领会透彻。

　　匆匆为老爹敬三杯酒,黄三抓起公文包来到公路,根据经验每两小时有一趟去县城的客车。黄三在心里祈祷,可别让我等两个小时。还好,半小时车来了。黄三跳上客车,掏出手机攥在手心。他想若是局长再催,就说已经上车了。四十多公里乡村公路,客车至少要一个小时才能到达县城。

　　行驶中的客车忽然停住,黄三抬起沉思的脑袋。公路上走着一只送葬的队伍,队伍把公路堵得严严实实。唢呐,锣鼓,好不热闹。黄三心中恼火,但又不敢发作。遇到这样的堵车,谁敢怎样。就是黄三的局长也不敢放个屁吧! 想想也是,一个人的命都没了,已经躺在棺材里朝着另一个世界走去,谁又敢打扰呢? 送葬的队伍不紧不慢地走着。

　　黄三掏出手机,准备给局长打个电话,说遇着送葬的队伍堵住了车。但是黄三的手指在发送键上停住。别人送葬,关局长什么事。给局长报告别人送葬,局长听了多晦气。

　　十几分钟后,送葬的队伍拐向公路里面的山坡。道路终于被腾出来。客车缓缓行驶,黄三催司机快点。客车开始提速,风驰电掣。突然,又是一声急刹车,车里人全离开了座位。车外,一个小男孩从公路那边的菜地朝这边屋子横穿。小男孩飞到公路里面的排水渠里。小男孩从沟渠里爬起来,走路一瘸一拐。客车不能走了。

黄三咕哝句倒霉,他的手又在发送键上犹豫着。出车祸了,不是我不赶时间。但是车祸和局长何干,局长最忌讳谁说车祸。那年局长的车祸,让局长的脚整整在病床上吊了两个月,受够了折磨。

给局长发个短信吧。短信既能说明事因,又免去了对局长说话的尴尬。黄三迅速拽出手写笔,写明原因的短信发了出去。黄三焦急等着局长的回音。十分钟过去,不见局长的短信。

黄三突然想起,他从没见过局长发送短信。他的局长会不会像某个局长一样,不会发短信呀。黄三曾听说,有个局长竟然不会发短信。或许局长嫌发短信麻烦,要么写字,要么拼拼音,多烦人。

没有等到局长的短信,黄三等到一辆摩托车。黄三和摩托车主讲好进城的价格,摩托车狂吼着,一路朝着县城冲去。进了县城,黄三的心稍稍静下来,他让摩托师傅抄小巷走近路。"哧溜一声,摩托车停在黄三办公室楼下。

黄三冲到局长办公室门口,静下心,舒缓一口气,敲响了局长办公室的门。局长办公室里没有动静,好一会儿,还是没有动静。推开门,满屋子弥漫着酒味。局长仰卧在老板椅上,鼾声如雷,大张的嘴巴如同局长喝茶的杯口。

局长为什么会醉倒在办公室。上面来人了? 和县长喝酒了? 还是和同事们喝酒了? 黄三知道局长有点怕老婆。局长怕老婆唠叨,就睡在了办公室? 局长没有醒过来的意思。黄三小声喊,局长。依旧鼾声如雷。黄三又喊,局长——

局长醒了,挣开朦胧的眼睛,口中呼出一串酒气,说,小黄来了。黄三忙说,是! 局长指了指茶杯。黄三意会,忙给局长倒杯茶。局长捧起茶杯。黄三问,局长,还有事吗? 局长说,去吧,没你的事了。

黄三轻声地离开局长办公室。

领导就是服务

三·石

领导心血来潮，突然想到车盘公路上去看看。

小易是领导秘书，自然跟着领导一块去。

车盘公路是在建项目，工程进度要求紧。领导一到工地便不高兴了，工地上一点也没有领导所希望看到的热火朝天，只有零零星星的两三个工人干着杂活儿。

领导沉着脸赶到工地指挥部。指挥部的小领导看到领导不高兴的样子，一个个都诚惶诚恐，赶忙按照领导的要求，紧急电话通知所有标段的承建方负责人过来开会。

于是领导现场办公，一个个标段问过去了解情况。领导还说："有困难尽管提，我今天来就是帮你们解决困难的。"

A1 标段是外地路桥公司承建的，A1 老板说："目前我们的工程进度之所以慢，主要是工程机械还没有到位，尤其是挖机，至少还得半个月才能从其他工地调配过来。"

领导说："挖机好办，你不可以在本地租几台么？"

A1 老板说："可以倒是可以，可我们不是本地人，一时半会找不到合适的。"

领导说："这不是问题，我可以帮你联系。"

领导说到做到，立马打电话帮 A1 标段联系了本地一家工程机械租赁公司，这公司二话没说，答应马上开几台挖机到工地。

A2 标段倒是本地的路桥公司承建的，A2 老板说："我们公司工程机械倒是没有问题，就是缺少工人，领导知道的，公司在其他地方还有两个标段在建，工程也催得很紧，等过了这阵子大队人马就可以拉过来。"

领导说："工人好办，我可以出面帮你联系一支工程队，具体怎么合作你们自己谈。"

说着领导又挂一个电话，接电话的人在电话里说他手上人手也紧张，但领导出面，再紧张也得给领导面子。

A3 标段承建方也是个外地路桥公司，A3 标段老板不在，但项目经理在。A3 项目经理说："我们这标段不缺机械不缺工人，却是资金有点紧张，不知项目部能否先预付一点解燃眉之急？"

领导说："工程款上级是按进度拨付的，目前资金还没有完全到位，项目部也紧张，你们还得自己想想办法。"

A3 项目经理说："想了，一时想不到好办法。"

领导又说："要不我帮你们融点资吧？"

于是领导再次拨了个电话，电话是打给一个投资公司的，这公司也很爽快，说领导的意见那就是指示，答应马上就安排五百万过来，按最低利息，算二分。

接着领导还帮其他几个标段协调解决了几个问题。完了领导问："还有什么困难么？有什么困难都提出来，我一定帮助解决。"

几个标段的老板经理都感激涕零地说："真是太感谢领导了，有领导这种竭尽全力的支持，要不了几天，保证全线开工，保证不耽误工期。"

领导说："你们也不用谢我，领导就是服务，谁让我是领导呢！为你们服务是我应该做的。"

在场的小易看在眼里，记在心里，并为领导如此实干的工作作风而感动。回去后，小易开夜车赶写了个通讯稿，标题便是《领导就是服务》，副标题为《领导车盘公路现场办公为建设单位排忧解难纪实》。文章发表在市报头版。

文章发表的当天，领导将小易叫到办公室，将报纸摔到小易的脸上，骂道："谁让你写的？吃了熊心豹子胆了，没有经过我的同意，就敢乱写。"

小易丈二摸不着头脑，虽不敢出言顶撞，但心里说："我没乱写呀！我写的都是事实呀！"

小易不知道领导为什么发火，更不知道的是，那段时间，上级纪委正在对领导开展秘密调查，却是苦于找不到切入点。小易写的那篇通讯恰巧被纪委的调查人员看到了，便抱着试试看的态度，对小易文章中所提到的投资公司、租赁公司以及工程队等展开了调查，这一查，便查出这几个地方领导都有股份,而且是大股东。

这样,领导便出事了,被上级纪委"双规"了。

上级纪委来人将领导带去"双规"时,小易也在场,其中有一个纪委的人对小易说:"你就是秘书小易吧? 谢谢你给我们提供了这么有价值的线索。"

小易一听,哭笑不得。

那是镇长

邵火焰

我们镇新调来了一位镇长。

按说这与我这个平头百姓毫不相干，我也没有必要提及，因为不管是张三当镇长还是李四当镇长，我总是在家里种那几亩薄田。但这回可不同了，原因是我长得太像我们的镇长了。那天当有人告诉我这个消息时，我根本就不相信，可是当天晚上看电视时我不由地瞪大了眼睛，电视上那讲话的镇长与我仿佛是一个模子里刻出来的，就连儿子看了电视后也直嚷嚷，快看，爸爸，爸爸上了电视了。以至于我曾暗暗想到，是不是我老爸年轻时在外面做了什么对不住我老妈的事，抑或是我老妈生下双胞胎后把其中一个送人了。

可惜，猜测归猜测，事实上镇长跟我没有任何关系，我从镇长那里得不到半天好处。

很快我就发现我错了，而且大错特错。

那天，我多年不见的几个同学到家里来看我，毫无疑问我该好好招待招待他们，我把他们带到了镇上最豪华的虹雨酒楼，点的好菜，喝的好酒。尽管我嘴上说吃好喝好，但心里却暗暗在痛，我估计那一桌最少得六百元，这可是我辛辛苦苦半亩田做一季的收入啊。

当我到收银台结账时，刚好老板从外面回来了，看到我后点头哈腰地连声叫我镇长，还大手一挥说，对不起，怠慢您了，今天算我请客，感谢镇长关照小店。说得我的那些同学一愣一愣的，说我当了镇长也不言语一声。我感觉到很受用，鬼使神差地我竟没有去解释。

送走了同学后，我一个人走在了回家的路上，想想酒楼里的那一幕还觉得好笑。这时有一个人停下摩托车拦住了我，同样是点头哈腰地叫我镇长，说正准备去找您没想到在这儿遇上了,还把一个鼓鼓的大信封塞在了我的口袋里。我刚准备说你弄错了,那人丢下了一句"请镇长关照"的话后,骑上摩托车一溜烟地跑了。我打开信封一看,好家伙,里面是一沓钱,回到家我数了数整整五千元。

我有点害怕,不敢拿这钱,我想还给别人。可是,我又不认识那人,叫我往哪儿还呢。我也不敢动用那钱,我只好把它锁在了柜子里。

真没想到第二天上街,又有一件好事等着我。我在超市里买东西,刚转过货架角,一个漂亮的女孩塞给我一张纸条,什么话也没说,转身就走了。我打开纸条,上面是一行清秀的字迹:你的手机关机了,发短信你也没回,今晚十点我在山河宾馆等你。

晚上我进行了激烈的思想斗争,去还是不去? 最终我还是抗不住诱惑决定去,但遗憾的是刚准备出门时,接到岳父的电话,说岳母生病了要我和老婆马上赶过去。虽说山河宾馆没有去成,但想想那女孩的模样心里还是颤颤的很有滋味。

随后的一段时间我不敢上街,一上街总有人喊我镇长。但总不能老呆在家里吧,街还是时不时要上的。一天,我正在街上吃早点,来了一个人揪住我,要我到派出所,说我诈骗。我一看是虹雨酒楼的老板。我跟着他来到了派出所。刚进派出所的门,那些警察都把我当成了镇长,虹雨酒楼的老板说我诈骗时还没有人相信呢。巧的是这时镇长刚好到派出所来了,大家看到我俩都目瞪口呆,连说,像,像,像,真是太像了。

我接受了派出所的处理,付清了那次的酒钱。临走派出所领导教育我:当别人把你当成镇长时,不要以为自己真的就是镇长,要注意维护领导的形象。我连连点头。

我也觉得自己愧对镇长,暗中收了镇长的钱,还险些玩了镇长的女人。我决定要做一件好事来帮助镇长树立高大的形象。

防汛期到了。几天的大到暴雨,我们镇的冯家墩大堤到了警戒水位。我报名上堤加入了抗洪防汛的队伍。那天大堤出现了意外的险情,我第一个跳入水中,随后很多人跳了下来,我们打木桩,筑沙袋,奋战了三个多小时,才把险情排除了。刚好这天镇电视台的记者在场,我在水中打木桩筑沙袋的情景悉数被记者摄入了镜头。

我想,希望派出所的领导能看到电视里的我,这次我可是在用实际行动维护了领导的形象啊,但愿大家把我当成镇长,也算我对镇长的一点弥补。

第二天,派出所真的来人了。他们二话不说带走了我。在派出所里我才知道他们带我来的原因,他们说我头天在县城嫖娼拒捕要对我罚款。我连呼冤枉,他们让我看了一段县治安大队传来的宾馆的录像,说,你可看清楚了,录像里那跳窗逃跑的人你敢说不是你吗?

我瞪大眼睛细看,果真与我一模一样。马上我就明白了是怎么一回事。我刚想申辩,派出所领导严厉地制止了我。警告我说,不要乱说,罚款五千元即可结案。

幸好那五千元我分文未动,我连那个信封一起交给了派出所。

回到家,我的心里平静了很多,总算对得起镇长了。但当我看了电视时,我更觉得我不再欠镇长什么了。

电视里正在播出头天的抗洪抢险的新闻:昨日,我镇冯家墩大堤出现了险情,镇长奋不顾身地带头跳入水中,打木桩筑沙袋……

一旁的儿子问,爸爸,那水中的人是你吗?

不是,那是镇长!

代理时代

高阳侯

王大明是个成功的生意人,几年前,他取得了一个著名时装品牌的地区总代理资格,每年进项不少,但他仍不知足,最近,他正在争取一个知名化妆品的代理权。

这天,王大明正跟对方商讨加盟代理的问题,手机响了,是乡下的老爹打来的。王大明没工夫接,等谈完业务,王大明才给老爹打了过去:"爹,刚才我正忙着呢,你找我有啥事?"

王老汉说:"大明啊,昨天我过生日,整整等了你一天,咋就没见到你的影子呢?你该不会忘了吧。"

王大明说:"啥?爹呀,你前两天就交代过了,这事儿我咋会忘呢?你昨天有没有收到一个大蛋糕?"

"有啊。"

"那就对了,"王大明笑了,"给你送蛋糕的人,就是代表我去的,我实在是脱不开身,就找了家礼仪公司,还花了一百多块的代理费呢。"

王老汉叹了口气:"唉,好吧,既然你没空就算了。对了,还有件事:自打去年你妈走了以后,我一个孤老头子就啥乐趣也没了,最近又摔了腿,连出屋都困难,现在就是整天看电视,可是家里那台旧电视机都看不清图像了,你能不能给我买台新的啊?"

王大明答应道:"爹,这还不简单吗?您就踏踏实实在家等着吧。"

过了两天,王老汉家果然来了一辆小货车,还拉来了一台大屏幕液晶电视机。不过,开车的、送货的都不是王大明。王老汉觉得奇怪:"咋我家大明没跟着来?"

送货的说:"大爷,您儿子预订了我们的网络代购服务,他留下的地址是您这儿，我们就送过来了。"

"啥购？"

送货的一听笑了："代购。代购就是代理购买的意思。就是说您儿子在互联网上订了货，托我们送过来。这样买东西方便便宜，当然，我们也能从里面赚几个辛苦钱。"

小货车开走老远，王老汉还没明白"代购"是个啥意思，不过儿子的心思他是懂了：他现在忙，没工夫，老爹安排的事不能亲自办，就让别人代替了。这小子，做生意靠代理发家也就罢了，竟跟老子也玩起代理这一套！行，过一阵子就是清明节了，该给你娘上坟了，我得提醒提醒你，看你这小子还能让人"代理"不？

于是，清明节前，王老汉特意给儿子打了个电话，提醒他别忘了上坟的事。王大明一口答应下来："行，我保证到时候我娘的坟上比谁家的都风光。"

可一眨眼，清明节过了好几天，王老汉也没看到王大明的影儿。不过，老伴的坟上倒也没冷清，也不知是谁家搞错了，不仅有人烧过纸，还有人放了花和供品。王老汉心里不痛快，比比人家的场面，自己儿子连回都没回来，实在太不像话，于是他快快地给王大明打电话："大明，清明节你咋没回来呢？咋不知道给你娘上坟烧纸呢？"

没想到，电话那头，王大明一点愧疚的意思都没有，反而用非常肯定的口气说："不可能！我请他们代理扫墓可是花了大钱的，他们还把扫墓的经过录了像，回来让我看了呢！"

王老汉这才明白老伴坟上的那些东西是咋回事，可是他还是想不通："我知道，现在城里时兴这'代理'那'代理'的，不过，总不能连扫墓都代理了吧？"王大明哈哈大笑："爹，现在只要肯花钱，连生孩子都有人代理。只要有钱，啥事不能找人代理啊？有钱能使鬼推磨嘛！"

王老汉没办法，只好幽幽地说："看来我是老了，跟不上时代了。对了，过几天我到城里去看看你。"

没想到，王大明一听就慌了："爹，我现在可是没时间陪你——我忙着赚钱呢。何况你现在腿脚也没好呢，一瘸一拐多不方便。等过段时间，我花钱找人代我看看你。"王老汉说："这你别管，我自有办法。"

过了几天，王大明的三叔来到王大明的公司，王大明一见赶紧让座，吩咐秘书倒茶，然后问："三叔，你干啥来了？"

　　三叔来到王大明跟前,二话不说,"啪"给了王大明一记耳光。王大明急了,摸着火辣辣的腮帮子吼起来:"三叔,你——你干吗打我啊?"

　　三叔哼了一声:"你爹说了,让我也做个代理,替他教训一下你个认钱不认亲的王八羔子!"

翠花,火车票要涨价了

咱那日思夜想的翠花:

见信如面。

北风那个吹,雪花那个飘,咱那日思夜想的翠花,新的一年又要来到。

咱上次寄给你的那瓶"大花 SOD 蜜"你收到了吧? 老贵老贵了,十二块钱一瓶呢。不过,话说回来,用在你身上,再贵咱也不觉得贵不是? 听老王说,那玩意儿贼好使,他老婆用了几回就整得全村老爷们儿眼直了。

你上次来信问咱这疙瘩会不会欠工钱,还劝咱别跟别人似的动不动就跳楼。你放心,咱啥人? 咱早整明白了,咱要是以跳楼来威胁,不但整不出钱来,反而会进局子。你大舅他家西院的那个孩子不是钱没整出来反而进局子了吗? 人家说他是扰乱社会治安。这熊事咱整不出来,咱老明白了,你还不了解咱?

咱这疙瘩吧,工头儿人还行,估计他整不出那熊事。再说,他老怕咱了,他要是敢跟咱得瑟,咱非让他好看。你放心,咱啥人,咱能让人给糊弄了?

翠花,你知道不知道火车票又要涨价这件事? 你还记得去年吧,咱本以为火车票涨价了,咱就能痛痛快快地买到车票,就能顺顺当当地挤上火车,就能平平安安地回家过个年了。谁知道咱在火车站蹲了三宿才整到一张票,还是站票,改签了三趟才挤上了火车,还差点儿没下得了车,给你买的那三瓶雪花膏整碎了一对半,还扎坏了咱的大腿根子。

今年咱再不上那个当了,谁再说火车票涨价坐车的人就少了,咱非给他一大嘴巴子不可。

咱那日思夜想的翠花,咱知道你心里想咱想得跟猫挠了似的,咱想你不也是跟驴踢了似的吗? 咱整不惯这肉麻的词,咱的意思你能整明白吧?

咋的，没整明白？翠花呀，你今年还想让你家爷们儿再蹲三天票房子吗？再改签三趟才挤上火车吗？再让"大花 SOD 蜜"（咱又给你整了两瓶，够你使一年的了）整得咱大腿一道道口子吗？再让咱白白给铁路多掏出三十多块钱还受一路冤枉罪吗？

咱就知道，你肯定心疼你家爷们儿，肯定会答应咱年前不回家这事的。

翠花，你想想，过年不就过那一宿吗？春节晚会越整越没意思了，咱不稀罕，是不是？

就这么定了，大年初一咱再回去。过完年火车票减价这事你还不知道吧？你想想，来回咱得省出六十多块钱呢，那可是五六瓶"大花 SOD 蜜"呀。

再说，咱这工地过年也有活儿干，是在屋里刷涂料，一小时两块钱，一天咋还不干二十个小时？那可是四十块钱呀。七天下来就是二百八十块钱。翠花，咱知道你是个能持家的人，这点账你还是算得过来。咱就是早回去几天，多和你热乎几天，又能咋样？不是白白的将那二百多块钱让给别人了？咱那日思夜想得翠花，过年不在那一天，等咱以后有了钱，还不是天天过年？

到那时候，咱和你天天守在炕头，气死那帮铁路的。

翠花，过年的晚上，你一定做点儿好吃的，要是想咱想的不中，你就唱：

北风吹，雪花飘，雪花飘飘年来到。铁路车票涨价整七天，三十儿晚上爷们儿还没回还。

叫声爷们儿千千遍，咱等咱的爷们儿回家过年。

咱盼爷们儿心中急，咱爷们儿回来心欢喜。爷们儿带回 SOD 蜜来，欢欢喜喜过个年。

唱着唱着不就初一了吗？唱着唱着咱不就回来了吗？

唐天宝土碗

黄土地

几个城里人没进村前,伟子真的不知道自己的村子为什么叫牌楼村。他们整天不是东瞧瞧就是西望望,似乎要从这个因为守墓而形成的村子里找出稀奇的玩意儿来。原因是这个村子后面的那片墓地是唐朝某亲王一家的坟墓。

这天,是伟子爷爷的祭日,伟子家的供桌上那只香烛台里的香火燃烧着,像是伟子爷爷的眼睛在望着这些孝子贤孙们。正当伟子和亲属作揖叩头时,两个城里人手里拿着香,神秘兮兮地走进了伟子家。他们没有说话,径直点上香,对着伟子爷爷的灵位鞠了几躬。

"你们是……"伟子看着两个城里人虔诚的举止不解地问。

"我们是城关的,来你们村子体味一下农村的乡情,恰好碰到老人家祭日,就过来拜祭老人家在天之灵。"其中一个戴眼镜的城里人慌忙解释。

"谢谢,谢谢!"伟子连声道谢,但他看到两个人作完揖,目光一直停留在供桌上,于是问,"你们有什么事需要我帮忙吗?"

"是这样的,趁着单位放假,我们出来收购点古董什么的。"眼镜收回了停留在供桌上的目光,接过话茬儿问,"你家有啥古董卖吗?"

"我们家没有,你们还是到别人家去看看吧。"伟子摇了摇头。

眼镜一听,笑了,指着供桌上的那只香烛台说:"那是啥?"

"香烛台。城里没有吗?"伟子一脸狐疑。

眼镜没有回答伟子的话,上前看了看香烛台又问:"这香烛台卖吗?"

"这又不是古董,你要它干啥?"伟子脸上的狐疑更重了。

"别问我要它干啥,只要你愿意,我就出个好价钱。"眼镜说完,端起香烛台旁一只装着大米的土碗,摘下眼镜,不时地变换角度端详,最后轻轻地放了下来,摇了摇头,而脸上的表情轻微地变化着。

"还有这等好事!"伟子开始怀疑这只香烛台到底是不是古董,但他很快又否定了,因为这只香烛台是他用一只破铝锅请人铸的。

眼镜见伟子没说话,睁大着眼睛,一脸乞求地伸出两个手指说:"二百块,咋样?"

伟子摇了摇头,他不想骗他们,毕竟这两个人给爷爷上香了。

眼镜见状,又伸出两个手指:"四百呢?"

"五百块,少一个子儿也不行!"正在眼镜渴望着伟子答复时,伟子的奶奶颠着小脚从里屋走了出来。她心里那个气呀:"香烛台是给死老头儿用的,你们城里人和死人争啥?"

眼镜一听,赶紧从皮包里掏出五张"老人头",说:"好!既然老人家说五百,那就五百!不过,这只土碗得给我!"

"这供桌上的东西随便拿!"伟子奶奶接过钱,又颠着小脚进了里屋,而两个城里人小心翼翼地拿着香烛台和那只土碗屁颠儿屁颠儿地走了。

后来,伟子才知道,眼镜他们是冲着那只土碗来的。原来在伟子家乡,只有在喜庆的时候或祭日,一些稀有的东西才被拿出来。装大米的那只土碗,的确是有历史了,奶奶说是爷爷早年间在景德镇一家陶瓷店做工时自己做的,一次做了两个,爷爷回来时没舍得扔,就带回来了。伟子拿起另一只土碗仔细地看,终于明白了其中的奥秘。

问题就出在土碗底上。那时,伟子的爷爷为了和别人的碗区分开,上过私塾、又写得一手好字的他,用隶书在这只土碗泥坯底上写了三个字后才送到窑里去烧。没想到这三个字却与中国古老的历史相连:唐天宝。

眼镜看到这三个字时就认为这只土碗是唐朝天宝年间出的,但他不知道唐天宝是伟子爷爷的名字,伟子爷爷打小就叫这个名字,一直没改过。

出租时代

金 波

　　出租车司机王精明认为：出租这个词儿，真他妈的棒！卖，不如出租；买，也不如出租。比如他的出租车，每天在大街小巷里乱跑，拉人载客，钞票挣回来了，这车还是他王精明的。因此，王精明一见到那些张贴在车站、厕所等地方的出租广告，心里就替人家高兴：小子，你精明！每次打开电脑，他最喜欢的还是浏览网上的出租广告，看看这世上到底有多少比他王精明还精明的人。

　　没有！王精明很自信。例如，他觉得开自己的出租车，早出晚归，不太划算。你想，既然车都租出去了，人还跟着它瞎跑干吗？不如再租个开车的。他在网上一发布这个信息，马上就有人愿意开他的出租车，双方协议公证，对方按月付王精明借租费若干，还负责车的维修和保养。瞧，王精明当老板了，坐在家里就有进账。请问，别人有这么干的吗？

　　有了这个经济头脑，王精明便把事业押在"出租"二字上。他把自己的房子全都租给了外地人居住，自己搬进了改造过的厕所里；电视机租给了房客；电冰箱租给了食品店；桌椅租给了饭馆……甚至，他的宠物狗也租给一家工厂看门护院，宠物猫又租给一只叫春猫做了情人。

　　现在，就剩下一家三口了。王精明的儿子刚满周岁。王精明皱着眉头想：养个小东西，花钱不说，还得要人伺候，等于双倍付出。你说，啥都可以出租，就儿子不能出租——给别人做儿子，这儿子不是白养了吗？不过，他有个乡下表姐，天天在城里卖盗版光盘，经常被警察捉住，罚款不说，还要拘留。一天，表姐来看王精明，向他诉苦说：要是抱个孩子就好了，即使被警察逮着，也很快会放掉。王精明一听，大喜过望："你干吗不早说呀？你把我儿子抱去不就得了。"表姐也喜出望外，马上同意签订协议：表姐管养管带管看病,每个月还给王精明租用费。从此,表姐抱着孩子在城里打游击,一见警察来了就哭鼻子抹眼泪,说这孩子如何如何。警察果然就手软了,批评几句就放人。

儿子租出去了,王精明又望着老婆发起呆来。你说,儿子都不在家里,她还待在家里干吗?资源浪费!可是,她又懒又笨,又没啥能耐,长得也丑,谁愿意租她呢?王精明打开电脑,在网上寻找了一番,保姆、钟点工、护理……都不合适。正失望时,一个字眼跃入他的眼睛:奶妈!对呀,孩子出租了,那两包奶水就用不上了,白白浪费了岂不可惜,何不把老婆租出去做奶妈?他马上联系,很快就在网上达成了协议。

就这样,一家人也全租出去了,只剩下王精明自己坐在家里点钱。兴奋之余,他也不免要流露一些遗憾:能出租的太少太少了,家小业小,发不了大财呀!

这天,是表姐交租金的日子。王精明乘出租车赶到城里,来到表姐经常出没的地方。在一个天桥底下,表姐果然正在兜售光盘,一只手搂着租来的儿子。王精明嘻嘻一笑,心里冒出一个坏主意,他捏着嗓子喊:"警察来了!"表姐一听,马上在孩子的屁股蛋儿上狠狠一拧,孩子便哇哇地哭起来,声音像刚刚出壳的小公鸭。表姐哭丧着脸说:"警察同志,你不能没收我的光盘,孩子都病成这个样子了……"

"表姐,是我呀。"王精明禁不住哈哈大笑。

表姐一见是他,这才心有余悸地说:"吓死我了!你来得正好,这两天孩子正绝食呢。不喝牛奶,要喝人奶,我哪有人奶?"

王精明抱起自己的儿子,哎哟一声,心里像刀割一般。这哪像自己的儿子,瘦得皮包骨头,嗓子哑了,头发也乱了,屁股被拧得红一块紫一块。

王精明沉着脸说:"表姐,我的儿子怎么成了这个样子?你要赔偿我的损失!"

表姐争辩道:"你光想出租儿子挣钱,一点儿代价都不想付呀?"

王精明无言以对。他抱起儿子匆匆赶回家,立即打电话给老婆的雇主,请求退租。

"不行!合同期还早呢。而且,你的老婆正忙着,根本走不掉。"对方冷冰冰地说。

万般无奈,王精明打开电脑,搜索"奶妈",还真找到了出租奶妈的信息。王精明立即去电联系。虽然比出租自己的老婆要价还高,但看在孩子的面上,他也只好认了。哎哟,怪就怪这位表姐! 合同上明明写着,她要负责孩子的吃喝拉撒睡,现在她竟为了对付警察,故意让孩子挨饿。这租奶妈的费用啊,我非让她出不可!

王精明焦急地等候奶妈的到来。然而,奶妈迟迟不来,自己的老婆却来了。王精明不满地说:"你怎么回来了? 要是让你的雇主知道了,扣了租金,我饶不了你!"

"不是你把我租回来的吗?"老婆哭丧着脸。

"什么? 我怎么会租你呢?"

"你哪里知道! 我的雇主低价租了许多人去他家里,然后又高价转租出去。我就是被转租回来的。"

"转租?"王精明眼前一亮,然后狠狠地捶了一下自己的脑袋,"好主意! 哎哟,我王精明比不过呀,怎么就没想到这一招儿呢?"

未来时代的爱情

马新亭

我是地球上最美的女人，无论我走到哪里，男人、女人的眼球都围着我转。我丈夫是地球上最帅的男人，无论他走到哪里，女人、男人的眼球都围着他转。我们出出进进手挽着手，目不斜视，昂首阔步，旁若无人。几乎所有的男男女女在我们面前都自惭形秽，黯然失色。我们恩恩爱爱，相敬如宾。鉴于对我们虎视眈眈垂涎三尺的大有人在，我们都发誓谁也不准偷情。他说："除非有比你还漂亮的，可你是地球上公认的第一美女啊！"我说："除非有比你更帅的，可你是地球上公认的第一帅哥啊！"我们说着又是一个热吻。

小别胜新婚，这次出差按计划是一个月后回来，可我想给他一个意外的惊喜，所以不到一个月，我就踏上了归途。走出火车站，已是夜深人静。我归心似箭，匆匆打的，急急上车，一个劲儿催促司机快开快开。我无心观赏两旁昏昏欲睡的路灯，两眼紧紧盯着前面，渴望早一点看到家，看到他。突然，当路过一家宾馆时，我的眼仿佛被什么东西刺了一下，心倏地缩紧，一个身影进入我的眼帘。我以为看错了，让司机开慢点，揉揉眼再仔细看一下，千真万确，我丈夫搂抱着一个比我年轻的女孩子，已迈进宾馆的大门。

我迫不及待回家的心情一下子荡然无存，甚至有点厌恶昔日那个温馨的家。我独自一人在一个小公园坐了半宿哭了半宿。太阳老高了，我才拖着疲惫不堪的身子走进家门。家里空荡荡的，我心里更是空荡荡的。不知过了多长时间，震耳的关门声把我从睡梦中惊醒。他一进门，看见了我的行李，大声惊呼："你回来啦？"他的人与声音几乎是同时扑到我床上的，迎接他的不是甜蜜的微笑，而是一记响亮的耳光。他捂着脸惊慌地说："你怎么啦？"我问："你凌晨一点十二分在哪里？"他说："在这张床上睡觉啊！"我说：

"谁能证明?"他说:"我睡觉还要人证明吗?"我说:"我要是当时拍下你和那个小妖精的照片就好了。想不到你竟然是条披着人皮的狼!"他又是赌咒发誓又是痛哭流涕。我只是冷冷地看着他超人的表演,这时候我突然发现,他如果去当演员定能成为大明星。我们固若金汤的爱情从此出现了不可缝补的罅隙!

一天晚上他出去喝酒,回来已深夜。进门后,他气呼呼跑到我面前,厉声责问:"你今晚干什么了?"我说:"在家看电视。"他抡圆胳膊照我脸上狠狠抽了一耳光,打得我眼冒金星,耳朵轰鸣。这是他第一次打我,下手这么狠,差点儿没把我打昏过去。他怒吼道:"原来你是倒打一耙啊。你趁我不在家,跑出去跟别人偷情,估摸我几点回来,你提早跑回来。你忘了,要想人不知,除非己莫为。我看不见,别人还看不见吗? 你可能会说别人造谣撒谎,还能几个人同时撒谎吗?"我说:"我哪里都没去,一直在家。"无论我怎么说他就是不信。

那天去一座城市开会,会议之余我沿街闲逛,突然在人潮人海中,我发现丈夫与一个女孩子手拉着手急匆匆走着。我一面尾随着他们,一面拿出手机,拨他的手机,想当面戳穿他的假面具,再马上宣布离婚。手机响了,奇怪的是接电话的不是前面的丈夫,而是远在几千里之外的丈夫。我迷惑了:这是怎么回事呢?

回到家,我把这件事对丈夫说了,丈夫说哪里有这种事,要么是你看花了眼,要么那人长得太像我了。丈夫说这回你该相信我了吧。

那天,我正在办公室,电话响起,我刚拿起听筒搁在耳朵上,丈夫说:"真是你吗?"我一听就来气说:"难道你连你老婆的声音也听不出来?"丈夫说:"我分明看见你和一个男人在一起啊,就在离我不远的地方。所以我才半信半疑地给你打这个电话。"我说:"你大概喝酒喝昏头了。"

几天后,丈夫回到家,把几张照片递到我手里,说:"你看看是不是你?"我一张一张看完,惊呆了:照片上的人不是我是谁? 连那个迷人的小酒窝儿都一模一样。

有一天,丈夫回来说:"我又发现了一个你。"我也忧心忡忡地说:"我也又发现了一个你。"我万分惊恐,闹不清这到底是怎么回事。

一天,丈夫回来对我说:"随着人类科技水平的不断进步,终于破译了人体基因。老的、少的、丑的、俊的……不惜耗巨资一窝蜂似的照我俩的样子克隆。所以大街上的你越来越多,我也越来越多……"

　　只是，我越来越分不清哪个是我丈夫，我丈夫也越来越分不清哪个是我了……